L’inconnu du presbytère

DE LA MÊME AUTEURE

Saga *Dans le secret des voûtes*
Tome 1 : *Le trésor des Augustines*, roman, Montréal, Éditions Hurtubise, 2021.
Tome 2 : *Les chemins inverses*, roman, Montréal, Éditions Hurtubise, 2021.
Tome 3 : *Le temps des trahisons*, roman, Montréal, Éditions Hurtubise, 2022.

Saga *La Faute des autres*
Tome 1 : *Les rêves*, roman, Montréal, Éditions Hurtubise, 2019.
Tome 2 : *Les réalités*, roman, Montréal, Éditions Hurtubise, 2019.
Tome 3 : *Les révoltes*, roman, Montréal, Éditions Hurtubise, 2020.

Saga *La Marche des nuages*
Tome 1 : *L'insoumis*, roman, Montréal, Éditions Hurtubise, 2015.
Tome 2 : *L'infidèle*, roman, Montréal, Éditions Hurtubise, 2016.
Tome 3 : *L'infâme*, roman, Montréal, Éditions Hurtubise, 2018.

Autres œuvres
Norman Bethune, un héros canadien en Chine, roman, Montréal, Éditions de l'Isatis, 2021.
D'amour et d'oubli, Mots tendres sur l'Alzheimer, roman, Laval, Guy Saint-Jean éditeur, 2021.
Lucy Maud Montgomery, écrivaine, roman, Montréal, Éditions de l'Isatis, 2020.
Joseph-Armand Bombardier, l'inventeur, roman, Montréal, Éditions de l'Isatis, 2019.
Mary Travers, Madame Bolduc, roman, Montréal, Éditions de l'Isatis, 2018.
Jean Talon, intendant en Nouvelle-France, roman, Montréal, Éditions de l'Isatis, 2014.
Le mystère de la mare aux crapauds, roman, Gatineau, Vents d'Ouest, 2013.
La nuit des cent pas, roman, Montréal, Hurtubise, 2009.
La fille du bourreau, roman, Montréal, Hurtubise, 2008.
Chut! Ne dis rien!, album, Montréal, ERPI, 2007.
Nuit blanche à la cabane à sucre, roman, Laval, HRW, 2007.
Lettre à Salomé, roman, Montréal, Boréal, 2007.
Le cadeau du vent, roman, Montréal, Éditions du Phœnix, 2006.
Le secret du château de la Bourdaisière, roman, Montréal, Pierre Tisseyre, 2005.
Le petit carnet rouge, roman, Montréal, Hurtubise, 2005.
Trente minutes de courage, roman, Montréal, Hurtubise, 2004.
Pour un panier de pêches, roman, Montréal, Pierre Tisseyre, 2004.
Vaco, le Moche, roman, Montréal, Pierre Tisseyre, 2003.
Les temps fourbes, roman, Montréal, Pierre Tisseyre, 2003.
Au château de Sam Lord, roman, Montréal, Hurtubise, 2003.
Le choc des rêves, roman, Montréal, Pierre Tisseyre, 2002.
Sur les traces des Caméléons, roman, Gatineau, Vents d'Ouest, 2002.
Les mirages de l'aube, roman, Montréal, Pierre Tisseyre, 2001.
La dernière nuit de l'Empress of lreland, roman, Montréal, Pierre Tisseyre, 2001.
Le secret de Marie-Victoire, roman, Montréal, Hurtubise, 2001.
Le huard au bec brisé, roman, Montréal, Pierre Tisseyre, 2000.
Le vol des chimères, roman, Montréal, Pierre Tisseyre, 2000.
La peur au cœur, roman, Montréal, Boréal, 2000.
L'orpheline de la maison Chevalier, roman, Montréal, Hurtubise, 1999.
Le moussaillon de la Grande-Hermine, roman, Montréal, Hurtubise, 1998.
Les caprices du vent, roman, Montréal, Pierre Tisseyre, 1998.
Le secret du bois des Érables, roman, Laval, HRW, 1998.

Josée Ouimet

L'inconnu du presbytère

tome 1

Les temps maudits

Roman historique

Hurtubise

Catalogage avant publication de Bibliothèque et Archives nationales du Québec et Bibliothèque et Archives Canada

Titre : L'inconnu du presbytère / Josée Ouimet.
Noms : Ouimet, Josée, 1954- auteur. | Ouimet, Josée, 1954- Temps maudits.
Description : Sommaire incomplet : tome 1. Les temps maudits
Identifiants : Canadiana (livre imprimé) 20220012814 | Canadiana (livre numérique) 20220012822 | ISBN 9782897818371 (vol. 1) | ISBN 9782897818388 (PDF : vol. 1) | ISBN 9782897818395 (EPUB : vol. 1)
Classification : LCC PS8579.U444 I53 2022 | CDD C843/.54—dc23

Les Éditions Hurtubise bénéficient du soutien financier du gouvernement du Québec par l'entremise du programme de crédit d'impôt pour l'édition de livres et de la Société de développement des entreprises culturelles du Québec (SODEC). L'éditeur remercie également le Conseil des arts du Canada de l'aide accordée à son programme de publication.

Financé par le gouvernement du Canada | Canada

Illustration de la couverture : Ben Redekop
Conception graphique : Sabrina Soto
Maquette intérieure et mise en pages : Andréa Joseph [pagexpress@icloud.com]

ISBN 978-2-89781-837-1 (version imprimée)
ISBN 978-2-89781-838-8 (version numérique PDF)
ISBN 978-2-89781-839-5 (version numérique ePub)

Dépôt légal : 3e trimestre 2022
Bibliothèque et Archives nationales du Québec
Bibliothèque et Archives Canada

Diffusion-distribution au Canada :
Distribution HMH
1815, avenue De Lorimier
Montréal (Qc) H2K 3W6
www.distributionhmh.com

Diffusion-distribution en Europe :
Librairie du Québec/DNM
30, rue Gay-Lussac
75005 Paris FRANCE
www.librairieduquebec.fr

Imprimé au Canada
www.editionshurtubise.com

Nous vivons ensemble, nous agissons sur les autres ;
mais toujours et en toutes circonstances,
nous sommes seuls.

Aldous Huxley

La douleur fulgurante de la vérité se dissipe,
alors que la douleur lancinante du mensonge demeure.
C'est un mal rongeant.

John Steinbeck

Prologue

14 avril 1865

En ce Vendredi saint, John Wilkes Booth entre au théâtre Ford, à Washington. Le hall est presque désert. Seuls deux retardataires se pressent vers les portes closes derrière lesquelles le premier acte de la pièce *Our American Cousin*, de Tom Taylor, est déjà amorcé. Booth connaît bien les lieux puisqu'il y travaille depuis plusieurs années comme acteur. À vingt-six ans, de taille moyenne, avec une abondante chevelure noire de jais et un regard pénétrant, le comédien, appelé par plusieurs critiques le «plus bel homme d'Amérique», est au sommet de sa popularité.

Booth gravit à pas lents l'escalier menant aux loges. La folie le ronge, mine son âme et enflamme ses plus basses pulsions. La guerre de Sécession, qui perdure malgré la reddition du Sud signée le 9 avril précédent, il y a quelques jours à peine, a mis son pays à feu et à sang, enlevé aux Sudistes leur pouvoir économique, mais surtout, a divisé les familles américaines.

Le sympathisant à la cause des Confédérés, favorables à l'esclavage, n'en peut plus d'attendre. Le jour de la vengeance est arrivé…

Devant une loge qu'aucun planton ne surveille, le cerveau en feu, Booth plonge la main dans la poche de sa veste et en sort un pistolet. Il pousse la porte. Devant lui, Abraham Lincoln et sa femme Mary, accompagnés d'un jeune garde du corps et de sa fiancée, ne se retournent pas, trop captivés par la pièce qui se déroule tout en bas, sur la scène. L'homme fait feu sans attendre. La balle atteint le président Lincoln à la nuque.

Son crime accompli, le tragédien saute du balcon en criant la devise de la Virginie :

— *Sic semper tyrannis** !

Lorsqu'il atterrit sur la scène, le craquement sec à l'une de ses jambes, suivi d'une douleur lancinante à la cheville, lui confirme qu'un os s'est fracturé. Sous une poussée d'adrénaline, il court vers les coulisses et réussit à s'enfuir, échappant à ses poursuivants grâce à un technicien de scène complice.

Au théâtre Ford, c'est le chaos…

Le seizième président des États-Unis est transporté dans un hôtel voisin du théâtre où s'est déroulé l'impensable. Pendant ce temps, non loin, un com-

* Qu'il en soit toujours ainsi avec les tyrans !

plice poignarde dans son lit William Seward, le secrétaire d'État, sans toutefois parvenir à le tuer. Ailleurs, un autre comparse, désigné pour attenter à la vie du vice-président Andrew Johnson, renonce à commettre l'assassinat.

Le complot, tramé six mois auparavant au prestigieux hôtel Saint-Lawrence Hall de Montréal par John Wilkes Booth et Jacob Thompson, le chef des services secrets confédérés en mission confidentielle au Canada, est enfin accompli.

La tête de Booth est désormais mise à prix à travers le monde entier. À n'en pas douter, une récompense sera remise à qui le capturera. Mort ou vif.

Le même sort attend ses complices. Cependant, l'un d'eux, comprenant que la folie de Booth le mènerait inévitablement à l'échafaud, s'est enfui pour trouver refuge au Canada. Son exil le mènera, au hasard des routes, vers des petits villages du Québec.

Il se nomme John Harrison Surratt Junior.

Chapitre 1

L'infortune

— Et que je ne te revoie plus jamais dans les parages !

La porte claqua si fort que ses gonds en tremblèrent.

Honorine, debout devant la maison, ses effets personnels épars sur le sol que la pluie de la nuit avait détrempé, resta de marbre. Elle posa un regard rempli d'amertume sur cette maison où elle avait vécu heureuse et avait espéré fonder une famille.

Le rappel de la mort subite de son cher époux, William, victime d'une pneumonie la semaine précédente, lui fit monter les larmes aux yeux.

« Pourquoi m'as-tu laissée seule ainsi ? », songea-t-elle, amère.

À peine la dépouille mise en terre, son beau-frère Arnold lui avait fait des avances éhontées qu'elle avait catégoriquement repoussées d'une gifle bien sentie.

Un corps à corps avait suivi, interrompu par l'arrivée impromptue de la femme de son agresseur.

— Je le savais que tu voulais attirer mon Arnold dans tes jupons ! Tu n'es qu'une mauvaise femme. Une garce ! Retourne vite dans ton village de colons français !

Sur le seuil de la porte, sa belle-mère, Adelaide, drapée dans son châle de laine noire, un bonnet de la même couleur sur sa chevelure argentée, la fixait d'un regard torve.

Honorine savait depuis longtemps que la mère de William avait accueilli sans enthousiasme la nouvelle du mariage de son fils aîné avec une francophone ; Adelaide aurait préféré que ce dernier jette son dévolu sur Zelie McNeill, une anglophone du village et dont la mère était sa meilleure amie. Les deux femmes avaient fait des projets, allant même jusqu'à organiser des rencontres entre Zelie et William. Hélas ! le strabisme de Zelie, que les vilaines langues surnommaient la coquel'œil, avait déplu à William, qui n'avait pas donné suite aux recommandations répétées de sa mère d'en faire son épouse.

Trois ans auparavant, Honorine Bergeron avait fait la connaissance de William Finlay, son futur mari, à l'occasion d'une visite chez sa tante Joséphine, qui avait élu domicile dans le petit village de Stanbridge-East après avoir épousé un Irlandais catholique. Originaire de Dunham, la famille Finlay possédait une ferme à Frelighsburg. C'est dans cette ferme familiale qu'Honorine s'était installée avec celui dont elle était tombée amoureuse dès le premier regard.

De quatre ans son aîné, William l'avait d'abord séduite par son air franc et jovial, ses pommettes hautes, son front large et les fossettes qui se creusaient dans ses joues quand il riait. Ni trop grand ni trop petit, il avait fière allure dans ses habits du dimanche lorsqu'ils marchaient ensemble dans les rues du village.

La barrière de la langue n'avait duré que quelques mois, car William, en bon professeur, n'avait ménagé aucun effort pour apprendre à sa jeune épouse la langue de Shakespeare.

— *You're a very smart girl!* la complimentait-il souvent.

Honorine avait bien tenté d'initier son mari aux rudiments du français, mais sans grand succès.

— *It's too difficult for me!* se disculpait-il avec un sourire charmeur.

Malgré sa timidité, William se montrait bavard, surtout quand il était question de la guerre de Sécession qui sévissait à quelques milles de là, au sud de la frontière séparant le Canada-Est des États-Unis.

Honorine avait du mal à suivre son discours parfois enflammé, mais elle le savait impliqué avec un groupe de villageois abolitionnistes faisant partie du Chemin de fer clandestin, ce réseau de routes et de refuges sûrs pour les esclaves en fuite ou les déserteurs. William lui avait toutefois demandé de garder le secret confié sur l'oreiller, un soir, repu de plaisir et d'amour :

— Il faut bien aider ces pauvres gens, quelle que soit leur race, leur couleur ou leur religion, s'était-il défendu devant le regard inquiet de son épouse.

William connaissait assez Honorine pour comprendre qu'elle n'aimait pas le voir frayer avec le danger. Le couple avait d'ailleurs eu une sérieuse discussion quand William avait mentionné vouloir grossir les rangs des Canadiens qui s'étaient ralliés aux troupes nordistes. À contrecœur, il avait cédé à ses supplications, acceptant d'abandonner l'idée. Cela ne l'avait cependant pas empêché de clamer haut et fort sa position par rapport à cet esclavage foulant aux pieds la liberté et le respect dus aux êtres humains, les rabaissant au rang d'animaux.

— Au moins, ici, on vit librement, l'avait-il rassurée.

Honorine se plaisait dans ces Cantons-de-l'Est où s'étaient réfugiés beaucoup de Loyalistes après l'indépendance des États-Unis d'Amérique. Ils y menaient pour la plupart une vie paisible et prospère, protégés par la Couronne britannique à qui ils vouaient une véritable dévotion. Plusieurs familles irlandaises catholiques avaient pris racine sur cette bande de terre que le gouvernement canadien comptait pourtant garder vacante afin de contrer de possibles invasions américaines. Protestants et catholiques cohabitaient en harmonie, ne voulant pas ressusciter les anciennes querelles religieuses qui sévissaient toujours en Europe. Le Canada se voulait une terre d'accueil ; le monde voulait la paix. Une fois pour toutes…

Le couple avait attendu longtemps la venue d'un enfant. Mais Dieu en avait décidé autrement. Hélas ! le ventre d'Honorine était demeuré vide.

— Tu vois bien qu'elle ne te donnera jamais d'enfants ! avait dit Adelaide à son fils aîné, un soir qu'elle avait cru Honorine retirée dans sa chambre à l'étage.

William n'avait pas répliqué, préférant hausser les épaules devant la mine butée de sa mère. Il lui devait respect, mais pas obéissance. Depuis la mort de son père, n'était-il pas devenu le chef de famille et le responsable de la destinée d'Adelaide ?

Honorine, qui avait tout entendu, avait serré les dents, se retenant de ne pas descendre l'escalier pour cracher à la figure de sa belle-mère toute la colère qui la submergeait. Elle s'était plutôt étendue sur son lit, enfouissant son visage dans l'oreiller. Le cri de rage avait été étouffé dans l'amas de plumes de poule. Elle avait ensuite martelé le matelas de ses poings.

À la désespérance de ne pouvoir enfanter s'ajoutait la honte de se savoir stérile. N'était-ce pas sur le dos des femmes que retombait cet opprobre ? C'était du moins ce que disaient les prêtres derrière les portes du confessionnal…

La dernière fois qu'Honorine s'était confessée, elle avait dû endurer les remontrances du curé de la paroisse, qui la menaçait des flammes de l'enfer si un enfant ne naissait pas de son union avec le fils Finlay : « Dieu a donné une femme à l'homme afin que celle-ci le serve et procrée. Le plaisir de la chair ne doit pas être vain. La femme doit connaître la souffrance de l'enfantement pour racheter le péché originel qu'Ève a fait s'abattre sur nous… »

Bien à regret, Honorine se soumettait au supplice de la confession, heureuse qu'une grille la protège du prêtre. Elle baissait la tête, affichant un air contrit, alors que les remontrances de l'ecclésiastique pleuvaient sur la pécheresse qu'il pensait tenir sous son joug.

Depuis son plus jeune âge, Honorine pratiquait la religion de ses parents sans se poser de questions, assistant aux offices du dimanche, aux vêpres ainsi qu'aux cérémonies de mariage et de baptême qui étaient peu nombreuses dans la parenté de sa mère, les Huard. Il y avait bien sûr les messes de Noël et du jour de l'An auxquelles elle participait avec joie. Sans compter celle de Pâques quand le printemps ramenait le beau temps dans les campagnes. Or, depuis qu'elle vivait dans cette famille irlandaise dont la piété était, à son avis, parfois exagérée, elle se sentait fautive de ne pas avoir leur ferveur, à un point tel que des doutes la taraudaient de plus en plus souvent et ébranlaient ses convictions religieuses. Sa possible infertilité aussi... Les reproches du curé et les remarques de sa belle-mère ne faisaient qu'empirer le désarroi qui la guettait chaque mois quand le « sang impur », comme le nommait son confesseur, tachait ses guenilles, confirmant ainsi qu'elle n'était pas encore enceinte.

— Qu'aurais-je fait avec un enfant sur les bras, maintenant ? s'interrogea-t-elle tout bas.

Elle remercia le destin de ne pas avoir exaucé ce vœu.

Une boucle s'échappa de sa coiffure et pendit sur son front. S'armant de courage, elle pivota sur ses talons et scruta l'horizon, où les rayons du soleil déclinaient rapidement. Le printemps était encore jeune et le soir tombait vite.

— Que vais-je faire ?

Désespérée, Honorine ne savait plus à quel saint se vouer. Un silence de tombe, brisé seulement par le vent dans les branches des grands pins bordant le chemin, la fit frissonner de peur.

— Oh, William… mon amour… Aide-moi, je t'en supplie… murmura-t-elle comme une prière.

Au souvenir des jours heureux, Honorine baissa la tête et tenta de maîtriser les sanglots qui l'agitaient. Un chagrin immense la terrassa en même temps que l'étouffa la rage contre ses persécuteurs. Impuissante, elle fixa un à un les effets éparpillés devant elle, inquiète de ne pouvoir récupérer que quelques-uns des objets que la colère de son beau-frère avait épargnés.

Elle aperçut alors un petit boîtier, dont la nacre blanche miroita sous un rayon fuyant. Elle se pencha et s'en empara d'un geste lent, puis l'ouvrit d'une main tremblante. Une douce musique se fit aussitôt entendre.

— Le dernier cadeau que William m'a donné, soliloqua-t-elle.

Elle referma la boîte à musique et l'enfouit au plus profond de la poche de sa jupe de laine noire, fouettée par la colère qui avait remplacé l'impuissance.

La jeune veuve se pencha une deuxième fois, puis une troisième, ramassant au hasard une photo, un mouchoir, un miroir, une brosse. Avisant un sac de tissu, elle s'en empara d'un geste vif et y jeta les objets du quotidien qui gisaient à ses pieds : une tasse à thé de fine porcelaine agrémentée de minuscules fleurs multicolores et dont la soucoupe s'était brisée en deux, un foulard de laine confectionné par sa mère, quelques linges à vaisselle, deux pelotes de laine dans lesquelles étaient fichées leurs aiguilles.

Elle chercha désespérément le cadre contenant la photo de son mariage, qui trônait habituellement sur la commode de sa chambre, mais ne le trouva pas. Une onde de chaleur la parcourut en même temps qu'une rage sourde. Comme elle leur en voulait de lui arracher cette parcelle de sa vie !

Honorine ferma les yeux. Le visage de son William adoré s'imprima aussitôt dans son esprit.

— Tu seras toujours avec moi… Avec ou sans photo, murmura-t-elle dans le vent du soir.

L'infortunée ouvrit les yeux et se remit à nouveau à ramasser les objets marqués par les souvenirs.

— Je ne me laisserai pas abattre ! s'encouragea-t-elle.

Absorbée par sa tâche, Honorine ne vit pas la charrette qui oscillait sur la route, non loin. Ce fut le hennissement du cheval, dont le conducteur tirait sur les rênes, qui la fit se redresser.

Dans la pénombre crépusculaire, Honorine tenta de distinguer qui approchait du lieu de sa honte. Elle espéra de toute son âme trouver en l'étranger un bon samaritain qui l'aiderait à quitter ce lieu maudit. Peu importait ce qu'elle laisserait derrière, elle devait partir, et vite.

La charrette, tirée par un cheval bai à la crinière aussi noire que du charbon, n'était plus qu'à un jet de pierre de la jeune femme qui leva les deux bras pour attirer l'attention du conducteur.

— Monsieur, pouvez-vous m'aider ? cria Honorine en anglais en se plaçant en travers de la route.

— Woooo ! lança l'étranger en tirant plus fort sur les rênes de son cheval.

Il ne répondit pas tout de suite. Il jeta un regard circonspect vers les objets épars et dont l'obscurité grandissante cachait déjà les contours.

— Je suis pressé ! Pas le temps de ramasser tout ça, répondit-il en français d'une voix rauque.

Honorine prit la mesure de ce qui lui restait d'un passé heureux. Elle n'avait pas le choix de s'en délester. D'une partie, du moins.

— Laissez-moi une minute ! dit-elle.

La jeune veuve marcha vers une malle de bois cerclée de fer. Elle en ouvrit le couvercle, en vérifia le contenu.

« Au moins, Arnold m'a laissé quelques vêtements », pensa-t-elle. Honorine referma la malle sans plus attendre.

— Il n'y a que ce coffre et ce sac à emporter, dit-elle en relevant la tête.

Honorine entreprit aussitôt de traîner avec peine le coffre sur une petite distance.

— Laissez, je vais le faire !

D'un mouvement leste, le conducteur sauta de son banc et atterrit près d'Honorine. Comme s'il se fût agi d'un fétu de paille, l'homme empoigna le coffre de ses mains calleuses et le déposa à l'arrière de la charrette, tout près des barils et des cageots de bois empilés les uns par-dessus les autres et dans lesquels caquetaient une dizaine de poules. Il revint à l'avant de la charrette et aida Honorine à prendre place sur le banc.

— Vous allez où, comme ça ? interrogea-t-il.

— Je retourne chez ma mère, à Saint-Liboire.

L'homme émit un long sifflement.

— C'est pas à la porte à côté !

— Vous pourrez me laisser là où vous vous rendez, je m'arrangerai pour trouver quelqu'un pour faire le reste du chemin.

— La nuit approche. C'est pas très prudent pour une jeune fille de votre âge de…

— Je suis veuve, l'interrompit-elle.

— Vous avez l'air si jeune…

— J'ai vingt-cinq ans et demi.

— C'est pas ben vieux quand même, ajouta-t-il, un sourire au coin des lèvres.

Mal à l'aise, Honorine joignit ses mains qu'elle plaça sur son bas-ventre et pinça les lèvres. Qui était cet homme ? Pouvait-elle seulement lui faire confiance ?

« Tu n'as pas d'autre choix… », lui susurra une petite voix au fond d'elle-même.

Honorine se redressa et bomba le torse, prête à affronter celui qui pouvait être son ami ou son ennemi.

— Y a-t-il une auberge où je pourrais passer la nuit, là où vous allez ?

— Pas à ma connaissance.

L'homme se tut un moment avant d'enchaîner :

— Mais ma cousine a une maison de chambres à Bedford.

Honorine se raidit.

— Je n'ai pas d'argent, avoua-t-elle aussitôt, un trémolo dans la voix.

Le conducteur demeura silencieux quelques instants. Cette jeune femme lui faisait pitié. Quand il s'était retrouvé sur la route, à une centaine de pieds de l'endroit où le drame s'était produit, il avait d'abord cru que la pauvresse avait sauvé *in extremis* quelques effets d'une maison en feu. Pourtant, aucune flamme ne sortait des fenêtres ni de la cheminée. En bon catholique, il savait que Dieu la plaçait sur son chemin pour mettre à l'épreuve sa charité et il s'en tint à cette idée.

— Je vais voir ce qu'elle peut faire…

Honorine baissa la tête, honteuse de devoir demander l'aumône à cet inconnu. Elle lui sut gré de ne pas poser de question. N'eût été son orgueil, elle aurait fondu en larmes. Le rythme du trot du cheval soulagea un moment sa peine et elle ferma les yeux.

Dans son esprit tourmenté, les images défilèrent. Celle du visage de William d'abord, qui avait rendu son dernier souffle au creux de ses bras, puis de la veillée au corps, des funérailles, de la mise en terre qui l'avait presque fait s'évanouir lorsque les premières pelletées de terre avaient touché le cercueil de bois clair.

Une terrible lassitude la terrassa et elle tenta de maîtriser le vertige qui lui fit plier l'échine. Sa tête, lourde, pencha vers l'avant, ses épaules se voûtèrent. Comme un raz-de-marée, les sanglots refoulés remontèrent.

Assis près d'elle, l'homme ne dit mot. Il laissa la peine de cette veuve s'écouler, sachant que ces pleurs étaient le seul remède au chagrin qui la terrassait.

Chapitre 2

Le long chemin

La pluie redoublait d'ardeur et la route devenait de plus en plus boueuse. De larges sillons se creusaient à l'orée des bois avoisinants, véritables fossés que le voyageur savait ne pouvoir franchir sans se tremper. Depuis deux heures, il marchait sans s'arrêter.

John leva la tête vers le chemin devant lui, espérant apercevoir une cabane qui lui aurait servi de refuge. Il se retourna et fixa la route derrière lui. À cette heure du soir, elle était déserte. Sa vessie gonflée demandait grâce et c'est en vitesse qu'il déboutonna la braguette de son pantalon avant d'uriner au bord de la route. Il reboutonna son pantalon et reprit sa marche en direction d'un lieu sûr où il pourrait passer la nuit.

Le 13 avril, en fin d'après-midi, il avait quitté Baltimore avant de traverser le lac Champlain dans une barque louée. Deux jours plus tard, à Burlington, à bord du train dans lequel il s'était embarqué, la nouvelle s'était répandue comme une traînée de poudre, propagée par les journaux américains comme *The New York Times* :

« Abraham Lincoln est mort ! », clamaient certains.

« On a assassiné le président des États-Unis ! », s'écriaient d'autres.

« C'est épouvantable… », murmuraient des femmes apeurées.

Sur les différents quais de gare où le train s'arrêtait pour prendre de nouveaux passagers, l'assassinat du président était sur toutes les lèvres :

« Il paraît que c'est un certain Wilkes Booth qui l'a tué. Un acteur… Un rebelle sudiste. Un moins que rien ! », s'offusqua un homme coiffé d'un haut-de-forme.

Les paroles de celui qui l'accompagnait mirent le fugitif en état d'alerte :

« Il est encore en cavale, paraît-il. Mais toutes les milices du pays sont à ses trousses. Il n'a aucune chance de s'en sortir. Pas plus que ses complices, ces conspirateurs du diable. »

John s'acheta un exemplaire du journal. Le fugitif y lut les détails du meurtre puis de la fuite de Booth, désormais traqué comme une bête sauvage à travers l'Amérique.

« Booth n'a avoué à personne que sa véritable intention était de tuer le président », songea-t-il, amer.

John poursuivit sa lecture. Des gouttes de sueur perlaient à son front et il les essuya d'un geste vif du revers de la main. Il avait chaud. Le papier journal collait à ses mains moites. Son cœur bondit dans sa poitrine au souvenir de ses acolytes dont certains n'étaient pas allés jusqu'au bout de cette folie. Les yeux agrandis d'effroi, John relut l'article, s'arrêtant aux noms de trois de ces hommes qu'il avait côtoyés. Il vit aussi celui de sa mère ainsi que le sien.

Désemparé, le fugitif referma le journal qu'il roula en un cylindre compact avant de le tenir entre ses poings serrés. Il n'osa lever les yeux vers les personnes qui occupaient les sièges près de lui.

« Ils ne sauront reconnaître ton visage puisque les journaux ne mentionnent que ton nom... », le rassura une petite voix émergeant de son tourment.

Rasséréné, John se cala davantage contre le dossier de cuir et porta son attention vers les paysages qui défilaient par la fenêtre du wagon.

Depuis sa fuite de Baltimore, il avait traversé Philadelphie et New York jusqu'à Springfield, où il avait été retardé par manque de synchronisme entre les trains. Une fois embarqué, il avait gagné directement Burlington vers le lieu de son ultime refuge, Montréal.

À présent, le train filait à bonne allure et le soir tombait. Le fugitif n'osait sortir de sa cabine, mais, la faim le tenaillant, il décida de se rendre dans le wagon-restaurant pour s'y sustenter. Plusieurs passagers s'y trouvaient déjà et le wagon était bondé. John se vit assigner l'unique place vacante à une table où un homme et deux femmes étaient déjà en train de manger. John les salua d'un discret signe de la tête et s'assit. Ne voulant pas s'attarder outre mesure, le fuyard commanda un sandwich et un café, qui lui furent apportés rapidement.

Constatant que ses voisins pouvaient apprendre son identité simplement en regardant le mouchoir brodé à son nom qu'il avait sorti pour essuyer le trait de moutarde qui s'accrochait à sa moustache, il prit peur. D'un geste brusque, John s'excusa du bout des lèvres et prit congé de ces inconnus. Il retourna en vitesse dans sa cabine désertée, les voyageurs avec qui il la partageait étant probablement allés souper eux aussi.

— Je ne peux plus voyager avec tous ces gens qui peuvent me reconnaître… s'inquiéta-t-il.

Il porta à nouveau son attention au-delà de la vitre poussiéreuse du train.

— Je vais descendre à la prochaine gare. À Saint-Alban. De là, je marcherai vers la frontière du Canada, soliloqua-t-il.

L'espace d'un battement de cœur, ses pensées volèrent d'abord vers son fidèle ami, Louis Weichmann, pensionnaire chez sa mère et avec qui il avait étudié la théologie. Il ne se souvint pas d'avoir lu son nom dans la liste des conspirateurs et s'en réjouit. Mais la présence de celui de sa mère, Mary, la seule femme du groupe, que l'on accusait d'avoir hébergé les conspirateurs, ne lui laissait aucun doute : elle devait probablement déjà être sous les verrous.

« J'espère qu'elle va bien… », tenta-t-il de se convaincre.

Un fort sentiment de honte le submergea.

« Comment as-tu pu l'abandonner ainsi ? », le réprimanda la voix de sa conscience.

— Je n'avais plus le choix… soliloqua-t-il encore.

La semaine précédente, pourtant, rien ne laissait présager que son univers basculerait dans une telle apocalypse.

John se souvint des gens qui venaient manger et dormir à la maison de Washington que sa mère avait transformée en pension abritant dix chambres. Laissés dans le deuil, mais surtout dans une précarité alarmante à la mort de John Surratt père, la mère et le fils accueillaient régulièrement des agents confédérés qui y tenaient des réunions clandestines. Ces pensionnaires ne lésinaient pas pour payer, rubis sur l'ongle, le prix demandé.

C'était le cas de John Wilkes Booth, le célèbre acteur, qui y venait en compagnie de ses amis Samuel

Arnold, George Atzerodt, David Herold, Samuel Mudd, Michael O'Laughlen, Lewis Powell et Edmund Spangler. Deux pensionnaires de Mary Surratt s'étaient joints au groupe : John M. Lloyd et Louis J. Weichmann. Tous revendiquaient le retour de l'esclavagisme et appréhendaient surtout le projet du quinzième amendement promis par Abraham Lincoln, qui interdirait le déni du droit de vote fondé sur la race, la couleur ou les conditions antérieures de servitude.

« Les esclaves, un jour, vont nous dominer... », rageait Booth.

Contre de bonnes sommes d'argent, Mary Surratt acceptait de cacher des armes à la taverne de Surrattsville, tenue par Lloyd, mais aussi de laisser libre cours à ces réunions pendant lesquelles, elle le savait, un complot se tramait. De son côté, son fils John, devenu maître de poste à la place de son défunt père, était bien payé pour acheminer des lettres importantes aux disciples de cette rébellion.

À presque trente-huit ans, la veuve Surratt n'était pas insensible au charme de John Wilkes Booth et fermait les yeux et les oreilles sur les paroles insensées prononcées lors des quelques réunions auxquelles elle avait assisté.

« Nous allons libérer notre pays mis à feu et à sang par ce damné Abraham Lincoln qui a bafoué les droits des propriétaires du Sud en abolissant l'esclavage !

Qui a dressé les uns contre les autres les enfants de cette grande Amérique ! », clamait Wilkes Booth à qui voulait l'entendre.

À vingt ans, le jeune Surratt s'abreuvait à ce discours partisan, trouvant dans les paroles de ce fanatique un idéal, une appartenance. Célibataire, il avait bien eu un petit béguin pour sa jeune cousine, Abigail, mais sans plus. Il préférait la liberté à n'importe quel attachement. Il avait déjà assez de veiller sur sa mère qui n'avait aucunement l'intention de se remarier afin de ne pas perdre le statut de veuve qui lui conférait la liberté de ne pas se soumettre à l'autorité d'un mari.

La guerre de Sécession, qui avait opposé des frères de sang pendant près de cinq longues années, avait changé le visage des États-Unis d'Amérique à tout jamais.

« Lincoln doit payer pour tout le mal qu'il nous a fait. Lui et ceux de sa garde rapprochée qui gouvernent notre pays. À mort les tyrans ! »

Les tyrans…

Booth avait continuellement ce mot à la bouche et le scandait haut et fort, tellement que parfois, Mary Surratt lui conseillait de baisser le ton afin de ne pas effrayer les autres pensionnaires.

La semaine précédente, cependant, le discours de Booth avait semé le doute dans la tête du jeune maître de poste :

— Nous allons enlever le président ainsi que le vice-président Andrew Johnson et le secrétaire d'État, William Seward.

— Qu'allons-nous faire d'eux ? s'était aussitôt inquiété George Atzerodt.

— Nous les séquestrerons, avait répondu Herold, le bras droit de Booth.

— Où ? avait demandé Powell.

— Ici…

— Non ! Pas ici ! s'était exclamée Mary, les yeux ronds.

— Tu n'y penses pas, Wilkes ! avait répliqué Mudd. Il faudrait les emmener très loin de Washington.

— Il faut trouver une autre solution, avait hasardé John Surratt, qui n'avait pas l'habitude d'intervenir lors de ces réunions.

Le silence qui avait suivi cette dernière réplique, amplifié par le regard halluciné que Booth avait jeté sur l'assemblée, ne laissait plus aucun doute : il avait déjà tout planifié…

— Quand je suis allé jouer *Le Marchand de Venise* dans sa version anglaise et *The Charge of the Light Brigade*, en octobre au théâtre Royal de Montréal, j'en ai profité pour rencontrer Jacob Thompson, le chef des Confédérés.

— Il se cache toujours là-bas ? avait demandé Lloyd.

— Il ne s'y cache pas, il y vit librement ! Vous savez que notre cause est bien accueillie dans cette ville. Il a juré de nous aider. C'est d'ailleurs le groupe dont il est le chef qui finance ce plan depuis le début.

— Pouvons-nous nous fier à lui ? demanda la propriétaire des lieux.

John Booth se tourna aussitôt vers Mary.

— Cet homme a toute ma confiance.

Un court silence avait suivi ces paroles.

— Ce sera impossible de traverser la frontière pour trois hommes ensemble. Il va falloir se séparer. C'est trop dangereux, avait à nouveau tenté de le dissuader Atzerodt.

Il avait baissé le front avant de conclure :

— Ce projet est infaisable. Il faudra trouver autre chose.

Booth l'avait fixé d'un œil torve, avait inspiré profondément, bombé le torse et relevé le front, comme il le faisait chaque fois en coulisse avant d'entrer en scène.

— Alors, je ferai seul ce qui doit être fait.

Un silence lugubre était tombé sur le petit groupe.

Dans la pièce surchauffée, John Surratt et sa mère s'étaient dévisagés, inquiets. Les autres conspirateurs, quant à eux, avaient baissé la tête, évitant les prunelles aux reflets démentiels que Booth posait toujours sur chacun d'eux. Tous le savaient déterminé dans sa mission, sa quête irrévocable de libérer le pays.

L'acteur s'était levé lentement avant d'annoncer :

— Je vous ferai savoir en temps et lieu ce que j'attends de vous.

Booth avait ensuite quitté la pièce de son pas pesant sans se retourner.

Tout à ses pensées, John n'entendit pas tout de suite le bruit des sabots du cheval, que la boue étouffait. Quand il se retourna, la charrette n'était plus qu'à quelques pieds de lui.

Il était trop tard pour fuir vers les sous-bois et s'y cacher. Il devait composer avec cette arrivée inopinée et en tirer le meilleur parti. Il abaissa légèrement la casquette des Unionistes par laquelle il avait remplacé le chapeau de feutre noir à larges bords porté par les Confédérés et pivota sur ses talons, prêt à affronter les étrangers.

— Woooo… cria le conducteur en tirant sur les rênes de son cheval.

John demeura sur ses gardes, prêt à décamper au moindre danger. L'obscurité envahissait maintenant la route et il lui était difficile de distinguer les nouveaux venus.

— Vous allez où, comme ça, mon brave ? questionna le conducteur.

John ne s'attendait pas à être interpellé en français, une langue qu'il connaissait peu, mais pour laquelle il avait développé un certain intérêt, grâce à une relation épistolaire avec une de ses tantes qui vivait au Massachusetts et avait épousé un Canadien français qui, comme beaucoup de francophones n'ayant pu trouver une terre à cultiver au Québec, était venu travailler dans les usines de filature.

Il chercha une formule simple. Quelques mots lui vinrent à l'esprit :

— Par-là, dit-il en tendant le bras vers le nord.

L'accent de cet étranger ne laissait planer aucun doute.

— Un autre Américain qui fuit le pays… marmonna le conducteur.

Ce n'était pas la première fois que le fermier aidait un jeune déserteur à quitter les États-Unis ; la plupart traversaient la frontière du Vermont, à l'abri dans les montagnes, sur une route clandestine que les gens du coin connaissaient bien.

— Je vais à Bedford pour la nuit, dit-il dans un anglais boiteux. Ça t'irait ?

John acquiesça du chef.

— Installe-toi là-dedans, l'invita le conducteur.

Il lui désigna l'arrière de la charrette de son bras tendu et John s'exécuta aussitôt.

En contournant l'attelage, il observa un moment à la dérobée la jeune femme qui se tenait droite sous la pluie. Son visage au teint de nacre, encadré par un bonnet noir, créait une tache lumineuse dans la noirceur environnante. Elle gardait les yeux baissés sur ses mains jointes. La tristesse qui émanait de celle qu'il crut être la fille du conducteur le troubla. Il alla derrière la charrette, y lança la besace dans laquelle il avait mis quelques vêtements, prit appui de ses deux mains sur le bois mouillé et s'y hissa d'un seul mouvement.

— OK! cria-t-il.

Le conducteur fit claquer les rênes sur la croupe du cheval, qui se remit aussitôt à trotter.

John s'installa le plus confortablement possible entre la malle de bois, les trois tonneaux et les cageots de poulets. Enfonçant sa casquette sur sa tête, il releva ensuite le col de son manteau qu'il referma davantage autour de son cou, plaça sa besace sur son ventre, croisa ses bras dessus et ferma les yeux.

Il remercia Dieu d'avoir mis cette voiture sur sa route. Dans cette campagne canadienne, il ne craignait plus d'être suivi. Il aurait bientôt la chance de se reposer un peu après la cavale épuisante qui avait mené ses pas jusqu'ici.

« Sanders m'attend, de toute façon », se réconforta-t-il.

Ce George N. Sanders, un Américain du Sud établi à Montréal et sympathisant à la cause des Confédérés, lui assurerait le gîte et la nourriture, mais surtout la sécurité.

Il songea encore une fois à sa mère, inévitablement placée dans le sillage de celui dont le plan machiavélique avait changé le cours de l'Histoire.

John se laissa bercer par le tangage de la charrette. Sous la pluie qui persistait, le fugitif sombra dans un demi-sommeil peuplé de cauchemars.

Chapitre 3

Libre

La nuit était tombée quand la voiture stoppa devant une maison en déclin de bois blanc. Le trajet avait duré plus d'une demi-heure sous une pluie diluvienne et Honorine grelottait sous la couverture de laine que lui avait prêtée son compagnon de voyage. Elle avait hâte de se retrouver au chaud. Au sec, surtout.

— Nous y sommes ! s'exclama le conducteur, fourbu et trempé jusqu'aux os lui aussi.

Plongé dans le noir le plus complet, ce village de Loyalistes semblait dormir d'un sommeil profond.

— Pourvu qu'il reste des chambres pour vous deux, ajouta le conducteur.

Il sauta prestement au bas de la voiture, atterrit dans une flaque d'eau et maugréa. Il marcha en hâte vers la maison, grimpa les quatre marches menant à la galerie de bois sur laquelle plusieurs chaises berçantes se balançaient au gré des rafales. Il frappa trois coups secs et attendit.

John surgit de son refuge entre les cageots, longea la charrette et arriva près d'Honorine, qui sursauta.

— Vous m'avez fait peur, s'exclama-t-elle.

— *Sorry*… répondit simplement John.

La porte de la maison s'ouvrit enfin et le conducteur leur fit signe de le rejoindre.

En gentleman, John tendit une main secourable à Honorine, empêtrée dans la couverture, et l'aida à descendre. Le contact de la main douce et chaude de cet homme électrisa un moment la jeune femme. Lorsqu'elle mit pied à terre, sa chaussure s'enfonça dans une flaque de boue et elle dut s'accrocher aux épaules de l'étranger pour ne pas tomber. D'instinct, ce dernier posa un bras protecteur autour de sa taille.

— *Are you alright?*

— Oui… *Yes*… *Thank you*, répondit-elle d'une voix incertaine.

Elle se ressaisit et se dirigea à pas lents vers la maison.

Sur le seuil, une lanterne allumée dans la main gauche, une dame les regardait s'approcher, ses cheveux striés d'argent retombant en mèches lisses sur ses épaules.

— Si c'est pas malheureux de se promener par un temps pareil ! Et à cette heure, en plus !

— Les chemins étaient tellement mauvais. J'ai dû faire deux détours...

— Tu me raconteras ça à l'intérieur, coupa la mégère.

Elle fit signe à l'étranger de se joindre aux deux autres. John hésita.

« De quoi as-tu peur ? Tu as quitté le pays avant l'assassinat... », le rassura la voix de sa conscience.

Ragaillardi, John se dirigeait à son tour vers la maison quand le conducteur l'arrêta :

— Viens m'aider à placer mes poules à l'abri d'abord, lui ordonna-t-il en retournant à la charrette.

John laissa sa besace sur la galerie et alla seconder son compagnon de voyage.

Quand Honorine entra dans la maison, une forte odeur d'ail brûlé y flottait. Le grognement de son estomac lui rappela qu'elle n'avait pas mangé depuis très longtemps. Mais la propriétaire des lieux l'entraîna immédiatement à l'étage des chambres. Les deux femmes se retrouvèrent devant une porte que la tenancière s'empressa d'ouvrir.

— Je n'ai pas eu le temps de changer les draps, s'excusa-t-elle vaguement.

— C'est très bien.

La mégère s'apprêtait à redescendre lorsque Honorine prit son courage à deux mains :

— Auriez-vous quelque chose à manger ? Je n'ai rien avalé depuis ce matin.

— Je vais voir ce que je peux trouver.

— Pouvez-vous aussi demander à votre cousin de transporter mon coffre jusqu'ici ?

— Wilfrid ? Mon cousin ?

La propriétaire plaça une main devant sa bouche, étouffant un rire nerveux.

— C'est pourtant ce qu'il m'a affirmé, dit Honorine, confuse.

— Disons que notre lien de parenté est beaucoup plus… large… ajouta la tenancière, un brin de malice au fond de ses yeux bleus.

La dame avait à peine prononcé ces paroles qu'Honorine prit conscience que cette femme mentait. De plus en plus embarrassée, elle baissa la tête. Se pouvait-il qu'elle se soit retrouvée bien malgré elle dans un de ces lieux de débauche que l'on surnommait les « maisons closes » ?

Elle se rappela soudain les propos de sa mère, Euphrasie, alors qu'elle avait à peine franchi le cap de l'adolescence : « Ce sont des femmes de mauvaise vie qui y logent. Elles portent des vêtements aguichants qui laissent voir leurs attributs féminins à des hommes sans scrupules », racontait-elle.

Honorine savait sa mère pudibonde à l'excès, toujours prête à déceler dans chaque geste, chaque parole, une atteinte aux bonnes mœurs. Elle avait d'ailleurs insisté pour que William et Honorine se marient le plus rapidement possible afin qu'ils ne se laissent pas tenter par les démons de la luxure.

Jeune, Honorine n'avait pas cherché à comprendre pourquoi il y avait tant de colère dans les propos de sa mère. Ce n'est que lorsqu'elle-même avait fait l'amour entre les bras de William qu'elle avait compris qu'Euphrasie n'avait pas été heureuse avec son mari, Gérald, qui avait un penchant marqué pour l'alcool et les femmes, comme le répétait souvent sa grand-mère maternelle.

Le souvenir des jours heureux entre les bras de son défunt mari refit surface et des larmes brillèrent au coin de ses yeux. Indifférente à la tristesse de sa nouvelle pensionnaire, la propriétaire alluma en chantonnant une chandelle posée dans un bougeoir sur la table de chevet.

Honorine considéra un instant le lit aux draps défaits. Elle remarqua deux cernes jaunis en plein centre. Dégoûtée, elle se tourna vers l'unique fenêtre. Aucun rideau ne masquait le ciel dans lequel roulaient toujours de gros nuages gris. Honorine contourna le lit. Son pied buta contre un pot de chambre rempli d'urine. L'odeur qui s'en dégagea l'écœura et elle porta la main à ses narines.

— Je vais vider ça avant de partir, dit son hôtesse, qui avait remarqué son malaise.

La femme déposa la lampe à l'huile sur la table de chevet, ramassa le récipient nauséabond d'un geste vif et marcha vers la petite fenêtre qu'elle ouvrit toute grande avant de lancer le liquide jaunâtre dans le vide. Quand elle eut remis le pot à sa place, elle revint devant Honorine.

— Je vais demander à Wilfrid de vous apporter quelque chose à manger en même temps qu'il viendra porter votre coffre.

— Merci.

— Bon, ben, bonne nuit.

— Bonne nuit.

Pressée, la femme quitta la pièce.

Les pas de la tenancière décrurent. Honorine délaissa les abords du lit, marcha vers la fenêtre et laissa son regard, lourd de fatigue, errer sur le paysage qui s'y encadrait. Près de l'établissement où ils avaient trouvé refuge, elle vit l'écurie réservée aux chevaux des pensionnaires. Une bonne dizaine y étaient à l'abri. Non loin, des charrettes s'alignaient dans l'allée boueuse. Quelqu'un courait pour se soustraire à une nouvelle averse. L'obscurité transforma les contours de son corps en une simple silhouette et Honorine ne put discerner s'il s'agissait d'un de ses compagnons d'aventure.

Plusieurs minutes s'écoulèrent avant que les pas de Wilfrid et de John, qui apportaient la malle, ne rompent le silence à nouveau. Après avoir frappé deux petits coups secs sur la porte à demi fermée, les hommes déposèrent le coffre au pied du lit aux montants de fer.

— Jézabel dit que c'est tout ce qu'elle a trouvé pour le moment, dit Wilfrid en lui tendant un quignon de pain.

— Ça fera l'affaire, merci.

Ses compagnons de voyage la quittèrent sans plus attendre. Honorine s'empressa de refermer la porte derrière eux. Elle mit le loquet et mordit aussitôt dans le pain, dont la croûte craqua sous ses dents. Elle mâcha longuement, chercha un pichet d'eau pour se désaltérer, mais n'en trouva point. Elle songea à descendre à la cuisine, mais crut bon de s'abstenir afin de ne pas réveiller toute la maisonnée en actionnant la pompe à eau.

La jeune veuve laissa le reste du pain sur la table de chevet et entreprit d'enlever ses vêtements mouillés qu'elle accrocha sur les montants du lit. Lorsqu'elle retira son corset, elle crut que le poids qui oppressait sa poitrine depuis le matin s'envolait. Elle respira profondément, gorgeant ses poumons, trop longtemps comprimés, de l'air frais qui envahissait la chambrette. Une douleur au niveau du cœur lui fit comprendre que le mal qui la tiraillait n'était pas uniquement dû à son corset.

— Quel avenir m'attend, maintenant ? murmura-t-elle dans la nuit.

Elle chassa ces idées noires du revers de la main comme elle l'aurait fait d'un moustique irritant.

— Je ne dois pas avoir peur, s'exhorta-t-elle.

Elle ouvrit la malle, fouilla frénétiquement pour y trouver sa chemise de nuit, la dénicha tout au fond et l'enfila aussitôt. Elle referma ensuite le coffre, reléguant au lendemain la tâche de trouver d'autres vêtements propres et secs. Avec un peu de dédain, elle se glissa entre les draps froissés. Une forte odeur de parfum lui titilla les narines, mais elle se concentra pour ne pas imaginer ce qui avait pu se passer sur cette paillasse. Elle posa sa tête lourde sur l'oreiller et ferma les yeux. Des images d'objets épars flottèrent un moment dans son esprit embrumé avant que ne se superpose le visage souriant de William.

— Aide-moi à surmonter les épreuves qui m'attendent, le pria la jeune femme dans un murmure. Surtout celle de ne plus jamais te revoir…

Des larmes marbrèrent ses joues avant d'aller mouiller la taie d'oreiller.

Dehors, la pluie continuait de tomber. Poussées par le vent, les gouttes frappaient les carreaux, comme autant de griffes d'esprits malins qui auraient voulu entrer dans la chambre de celle que le chagrin terrassait à nouveau.

Derrière ses paupières closes, d'autres images défilèrent, nostalgie des moments de tendresse alors qu'elle s'allongeait auprès de celui à qui elle avait donné sa jeunesse et son corps. Un grand vide s'empara d'elle et elle porta une main à sa gorge où une boule se formait.

« Te voilà libre, maintenant… », tenta de la consoler la petite voix au fond de son cœur torturé.

— Libre de quoi ? répondit-elle à l'écho de sa conscience.

Du plus loin qu'elle se souvînt, Honorine avait toujours espéré se marier et avoir beaucoup d'enfants. Le destin semblait en avoir décidé autrement et elle ne pouvait rien y changer pour le moment.

Incapable de dormir, elle rouvrit les yeux et fixa la chandelle plantée dans le bougeoir.

Dans le corridor, des bruits de pas et celui d'une clé dans une serrure la mirent sur le qui-vive. Elle hésita un moment avant de tendre la main et de pincer la mèche, remonta ensuite les couvertures jusqu'à son menton, s'y pelotonna le plus confortablement possible et referma ses paupières. Elle soupira et tenta de faire le vide.

— Demain est un autre jour… murmura-t-elle enfin.

Anéantie de fatigue, elle se laissa enfin glisser dans un sommeil agité.

Après avoir aidé Wilfrid à décharger la charrette, John s'était vu assigner la chambre adjacente à celle d'Honorine. À sa grande surprise, Wilfrid avait discrètement suivi la tenancière jusqu'à la chambre qu'elle occupait.

En bon catholique, le jeune Surratt avait été prompt à juger le comportement de celui qui les avait conduits jusqu'ici. Il n'aimait pas le genre d'établissement dans lequel il était obligé de passer la nuit, mais il préférait être là plutôt qu'en forêt ou aux champs, où il aurait été la proie facile de quelque loup errant ou d'un fermier récalcitrant qui l'aurait obligé à déguerpir.

«Au moins, ici, je suis au sec et au chaud», s'était-il encouragé.

Son soulagement se mua vite en préoccupation.

«Tu n'es à l'abri nulle part…», l'avait contredit la voix au fond de lui.

Irrité par ces mots qui tourbillonnaient maintenant dans sa tête, après avoir refermé la porte, John avait sorti son pistolet de sa besace et l'avait déposé sous l'oreiller, à portée de main, au cas où quelque malfrat aurait voulu forcer sa porte. Il s'était ensuite dévêtu en hâte, avant de s'allonger par-dessus les draps.

Sous sa joue, il sentait la rondeur de la crosse. Il passa sa main sous l'oreiller et déplaça le pistolet afin qu'il ne l'incommode pas durant son sommeil.

Comme tous les Américains, John avait le droit de posséder et de porter une arme, tel que le prescrivait le deuxième amendement de la Constitution. Tous les hommes de son pays agissaient de même, surtout depuis que la guerre de Sécession avait divisé les frères de sang. Il songea à ses camarades conspirateurs laissés derrière lui. Que devaient-ils penser de lui, le lâche qui avait abandonné la Cause pour fuir vers le Canada ?

John détestait ne pas savoir tout ce qui se passait là-bas, et il espérait dénicher des journaux qui le renseigneraient davantage sur l'état de la situation.

— Il me tarde d'être à Montréal… soupira-t-il, fatigué.

Le vent tambourina un moment contre la fenêtre. L'Américain ferma les yeux au moment où, dans le corridor adjacent, des chuchotements se faisaient entendre. Une porte, non loin, grinça légèrement sur ses gonds. D'instinct, John se redressa sur sa couche, saisit son pistolet et le braqua en direction de la porte de sa chambre. Des pas glissants sur le parquet lui signifièrent qu'un nouveau locataire venait, à son tour, de trouver refuge à l'étage. Il abaissa son arme, la replaça sur la table de chevet, tout près du bol émaillé dans lequel se dressait une cruche remplie d'eau fraîche, et se recoucha. Étendu sur le dos, il empoigna les draps ramassés au pied du lit, s'en couvrit jusque sous les aisselles et fixa un moment le plafond lambrissé. Ses pensées volèrent vers sa mère d'abord, puis vers la jeune inconnue qu'il savait couchée tout près. Il se rappela la nacre de son visage aux traits délicats et se demanda quel âge elle pouvait bien avoir.

« Guère plus âgée que moi… », songea-t-il.

L'austérité de ses vêtements noirs, son attitude réservée, presque rigide, ses yeux aux paupières gonflées, sa bouche frémissante, tout en elle l'intriguait.

« Elle a le même visage triste que ta mère », lui fit remarquer une voix au fond de lui.

John comprit alors que ce qui le frappait chez cette jeune femme était la résignation qu'il avait reconnue chez Mary quand elle vivait sous la tutelle de son mari alcoolique et joueur.

— Les femmes sont comme les esclaves… monologua-t-il dans le noir.

Il se rappela combien sa mère, après la mort de son père, déclarait à qui voulait l'entendre qu'elle ne se remarierait pas. En tant que propriétaire de la maison de chambres, Mary Surratt bénéficiait d'un statut particulier, lui donnant le droit de voter, mais surtout, de vivre libre des contraintes fixées par l'État et l'Église.

— Libre… souffla le fugitif.

Le mot résonna un moment sous le plafond bas. John ferma les yeux.

— Libre… répéta-t-il, un trémolo dans la voix.

Son voyage vers un avenir incertain ne faisait que commencer. Il devrait, à tout moment, se cacher avant de fuir vers d'autres lieux où il devrait encore se confondre dans la masse. Il s'imagina un instant aller par monts et par vaux pour échapper à tous ceux qui sauraient, un jour, reconnaître l'un de ceux qui avaient osé comploter contre le plus haut gouvernement des États-Unis d'Amérique. Il serait traqué comme un animal jusqu'à ce qu'un agent lui mette la main au collet.

Même ici, au Canada, il n'était pas vraiment à l'abri. Du moins, tant qu'il ne se serait pas éloigné des frontières.

John songea au papier, bien plié au fond de la poche de son manteau, sur lequel était inscrite l'adresse d'un certain Sanders.

— Montréal d'abord. Ensuite, j'aviserai… soliloqua-t-il à mi-voix.

John voulait mettre la plus grande distance entre Washington et sa prochaine destination. Il rêvait de traverser l'Atlantique et d'aller dans ces vieux pays d'où son ancêtre était parti, il y avait de cela plus d'un siècle.

Tout près, une porte s'ouvrit et se referma à nouveau dans un claquement sec, mettant une nouvelle fois ses sens en éveil.

— Je dois dormir… s'admonesta-t-il.

John cala sa tête dans l'oreiller, bien décidé cette fois à se laisser emporter dans un sommeil bienfaisant.

Demain serait un autre jour…

Chapitre 4

Le retour

Après avoir quitté l'auberge, Honorine avait été prise en charge par un des pensionnaires qui se rendait à Granby. Sans aucun regret, elle avait laissé derrière elle Wilfrid et l'Américain dont elle ne savait pas le nom. La route avait été longue et n'eût été l'orgueil qui l'aidait à garder la tête froide, Honorine aurait, encore une fois, laissé couler sa peine. Une fois rendu à destination, le conducteur s'était arrêté devant le magasin général devant lequel il avait déposé le coffre et sa passagère.

— Demandez à Gaétan, il vous trouvera assurément quelqu'un pour vous raccompagner jusqu'à Saint-Liboire, avait-il précisé avant de quitter les lieux.

Honorine s'était adressée au propriétaire du magasin, qui lui avait aussitôt suggéré d'aller frapper à la porte de son voisin qui pourrait faire la course.

— Éloi, son cheval est rapide et sa charrette, confortable, avait-il précisé.

Désirant à tout prix mettre un terme à ce voyage, Honorine avait suivi les conseils du marchand. Dix minutes plus tard, elle prenait place dans une voiture qui n'avait rien de comparable à celles qui l'avaient menée jusqu'ici.

— Vous avez une bien belle charrette, complimenta-t-elle le dénommé Éloi qui prenait place à ses côtés.

— C'est moi qui l'ai construite de mes propres mains. Y en a pas deux pareilles à des milles à la ronde, se vanta-t-il.

Contente de se savoir presque arrivée à la fin de son voyage, Honorine reprit courage. La hâte de retrouver sa mère et d'avoir à nouveau un endroit où se loger allégea sa peine.

Ce n'est que vers la fin de l'après-midi qu'Honorine, fourbue, mit enfin les pieds dans la maison familiale où sa mère, étonnée, la reçut de manière plutôt cavalière.

— T'aurais pu m'avertir que tu revenais ! la réprimanda-t-elle en retournant à ses chaudrons.

— Je n'ai pas eu le temps… Tout s'est passé si vite.

— Dans ta dernière lettre, j'avais cru comprendre que tu demeurerais chez les Finlay après la mort de ton mari, ajouta-t-elle.

Honorine pinça les lèvres un instant, se demandant s'il était à propos de lui raconter en détail le traitement malveillant dont sa belle-famille l'avait accablée. Elle préféra attendre, quand elle-même se serait remise de sa peine.

— Tu sais que si j'avais pu, je serais allée aux funérailles. Mais c'est loin, Frelighsburg, tenta de se disculper sa mère.

— Je comprends, maman. Je ne vous en veux pas…

Un silence s'installa un moment dans la pièce.

— J'imagine que t'as pas eu le temps d'assister à la messe, ce matin, non plus ?

— Le conducteur de la charrette qui m'a aidée depuis la maison des Finlay n'a pas voulu se retarder. Il avait des poules à livrer dans une ferme de Bedford, hier soir. De là, une famille m'a offert de partager la route avec elle jusqu'à Saint-Valérien-de-Milton. Ensuite un fermier m'a amenée jusqu'ici.

— Ils sont chanceux à Saint-Valérien ! Ils ont une belle église toute neuve, eux autres ! commenta Euphrasie.

Elle trouvait lamentable la petite chapelle en bois qui desservait la population grandissante des colons catholiques venus de Saint-Hyacinthe pour défricher et exploiter les nouvelles terres agricoles de Saint-Liboire.

— Leur paroisse est plus ancienne que la nôtre, précisa sa fille.

— Peut-être… N'empêche qu'en huit ans, l'évêque aurait pu se forcer pour nous construire une église en pierres. Surtout qu'on est le chef-lieu du comté de Bagot, maintenant.

Honorine haussa les épaules et préféra se taire.

Le souvenir de sa vie auprès de son William refit surface et elle se demanda si elle pourrait à nouveau s'accoutumer à vivre avec sa mère. Bien qu'affectueuse, leur relation avait toujours été basée sur l'obéissance de la fille devant l'autorité maternelle.

Comme elle aurait aimé jouir de son plein pouvoir en matière de choix de menu pour les repas, de décoration de la maison et aussi des heures de repos, comme elle le faisait chez les Finlay ! Les projets de voyage que William lui faisait miroiter quand, couchés l'un contre l'autre dans le lit conjugal, ils rêvaient ensemble, lui revinrent en mémoire.

« Tout ça, c'est du passé… Tu dois regarder vers l'avenir, maintenant », la semonça la voix de la raison.

— Passe-moi le torchon ! ordonna sa mère en tendant le bras vers elle.

Honorine s'exécuta.

— Je suis revenue pour rester, annonça-t-elle, comme on se lance à l'eau.

Euphrasie suspendit son geste et se retourna brusquement.

— Vous ne serez plus seule désormais, ajouta Honorine.

— T'es pas sérieuse ? Allons donc ! À ton âge ! Ça sera pas long qu'il va y avoir un soupirant qui va venir me demander ta main.

— Je ne pourrai jamais oublier William.

— Tu dis des niaiseries ! Tu sais bien que ça serait mal vu, une jeune veuve, belle comme toi, qui refuse de se marier.

— Qu'est-ce qui vous dit qu'un homme voudra m'épouser ?

— Tu es jeune, jolie, capable d'enfanter…

— En trois ans, ça n'a pas marché avec William, coupa Honorine.

Elle abandonna son poste, se dirigea vers la berceuse placée près de la fenêtre et y prit place. Le siège craqua sous son poids. Du bout du pied, la jeune femme imposa aussitôt un rythme à la chaise qui oscilla d'un mouvement régulier.

— Ça veut pas dire que… osa Euphrasie.

— Écoutez, maman, ça fait à peine deux semaines qu'on a mis mon mari en terre. Je n'ai vraiment pas en tête de le remplacer. Je l'aime encore.

— Tu l'oublieras… Dans la vie, on oublie toujours. Les bonnes comme les mauvaises choses. Crois-moi.

La réplique acerbe qu'Honorine se préparait à lancer mourut sur ses lèvres.

— Peut-être… répondit-elle plutôt.

Honorine comprenait le désenchantement de sa mère, qui avait perdu, il y a plusieurs années déjà, trois de ses quatre enfants en l'espace de seulement deux mois faute d'avoir pu soigner convenablement la vilaine grippe qu'ils avaient contractée.

Honorine n'avait que deux ans quand sa sœur et ses deux frères aînés avaient été inhumés dans le nouveau cimetière où ne se dressaient qu'une vingtaine de stèles depuis la formation de la paroisse. Ce qu'elle se rappelait, cependant, c'était la mine triste d'Euphrasie qui la berçait tous les soirs. Les larmes qui coulaient sur ses joues et qu'Honorine essuyait de ses menottes. Les longues soirées pendant lesquelles Euphrasie attendait un mari qui n'avait pas le cœur d'être près de sa femme pour la consoler.

Le couple battait déjà de l'aile avant qu'Honorine soit en âge de comprendre que l'amour ne liait plus ces deux êtres qui, pourtant, avaient su s'aimer.

Combien de fois avait-elle entendu sa mère tempêter au sujet du maigre revenu que son mari dilapidait en jouant aux cartes avec les hommes du village ? Des soirées qu'elle passait de plus en plus seule, au fur et à mesure que la passion du jeu de Gérald devenait dévorante ? Des vêtements qu'elle rafistolait, faute de pouvoir acheter du tissu pour en confectionner des neufs à sa fille unique qui n'en finissait pas de grandir ? Des repas qu'elle s'efforçait de concocter du mieux qu'elle le pouvait avec les seules ressources fournies par les six poules, les deux vaches et les quelques légumes qu'elle récoltait à la belle saison ?

À l'âge de sept ans, Honorine avait dû abandonner ses jeux pour s'affairer aux fourneaux, faire le ménage, la lessive, le reprisage et la couture dès son retour de l'école. L'été, les travaux de la ferme occupaient toute la famille, tandis que les moissons, à l'automne, voyaient arriver quelques voisins compatissants pour les corvées.

Honorine adorait ces moments passés en compagnie de son oncle Arthur, le frère de son père, qui ne ratait jamais une occasion de venir leur prêter assistance.

— Un célibataire endurci… le taquinait Euphrasie.

Honorine avait remarqué la connivence qui liait ces deux êtres.

À la mort de son frère, Arthur avait été présent pour Euphrasie, prenant sous sa tutelle la veuve et l'orpheline, s'occupant de la ferme et des animaux comme s'il se fût agi de sa propre famille et de sa propre ferme.

Adolescente, Honorine avait cru qu'une idylle était née entre son oncle et sa mère, jusqu'à cette messe de minuit, quelque cinq ans passés, où elle l'avait aperçu au bras d'une jeune femme d'un village voisin. Assise près d'elle, Euphrasie n'avait pas bronché. Elle était demeurée dans son attitude rigide, le buste bien droit, le menton levé vers le célébrant. Seules les larmes qui avaient brillé au coin de ses yeux contredisaient la froideur qu'elle affichait.

Honorine avait alors compris que sa mère s'était abreuvée à un amour impossible…

— Il y a de bons partis à Sainte-Hélène-de-Bagot et à Saint-Hugues, continua Euphrasie. Même ici, à Saint-Liboire, juste dans la ferme voisine, il y a Donatien Rompré. Il est un peu plus jeune que toi, mais c'est un bon travaillant. Et puis, c'est lui qui va hériter de la ferme familiale.

— Je vous répète que je ne suis pas pressée de trouver un mari, s'impatienta Honorine.

Elle se leva précipitamment de la chaise berçante qui oscilla encore un long moment, vide.

— Je veux vivre librement. Pendant un certain temps, en tout cas.

— Librement ? Peuh ! Tu rêves, ma fille ! Les femmes ne sont et ne seront jamais libres tant et aussi longtemps que les hommes, les prêtres, surtout, croiront que nous sommes les instruments du diable. Pour eux, nous sommes des êtres inférieurs.

— Ils ont peur de nous. Les hommes craignent leur propre faiblesse quand ils désirent une femme.

Euphrasie se tourna vers Honorine :

— Là, je suis d'accord avec toi, ma fille… Mais répète pas ça sur tous les toits, sinon le curé va surgir ici avec son bénitier !

Les deux complices échangèrent un sourire.

Euphrasie lui tourna ensuite le dos et s'affaira à pomper l'eau. Honorine contempla sa mère d'à peine quarante-huit ans. Elle était encore belle avec ses cheveux noirs striés de fils argentés, son visage ovale, son buste bien haut et sa taille fine sous l'épaisse couche de jupons superposés. La rude vie de la campagne avait marqué son front de rides et les pattes d'oie aux coins de ses yeux lui conféraient un air rieur. Elle la savait courageuse, hardie même, capable de s'occuper à la fois de la ferme et de sa famille. Ne l'avait-elle pas toujours fait, même pendant les quinze années où elle vivait sous la tutelle de son époux ?

— On trouvera une solution pour pas se soumettre encore une fois, dit-elle en se retournant.

— On ? s'étonna sa fille.

— Si je comprends bien, je serai plus seule pour affronter le curé quand il viendra ici pour sa visite paroissiale.

Se retournant à demi, Euphrasie lui lança un clin d'œil entendu avant de partir d'un rire en cascades, imitée par Honorine.

— J'ai faim ! annonça-t-elle tout de go.

Euphrasie essuya ses mains sur le tablier de coton qu'elle portait toute la journée, marcha vers la glacière, l'ouvrit et en sortit un bloc de cheddar qu'elle mit sur une planche de bois oubliée sur le comptoir. Son fardeau en équilibre sur son avant-bras, elle alla chercher un couteau et deux assiettes qu'elle déposa sur la table avant de prendre place sur l'une des chaises.

— Vas-tu enfin me raconter ce qui s'est passé ? dit-elle à sa fille en l'invitant à s'asseoir.

Honorine obtempéra, heureuse de pouvoir se libérer d'une partie de ses tourments sur cette femme qui avait toujours mis un point d'honneur à l'écouter sans jamais la juger.

Chapitre 5

La nouvelle

La nuit avait été plus froide qu'à l'accoutumée. Dehors, un léger tapis de givre recouvrait le parterre que le jardinier avait nettoyé depuis peu. Le carillon de l'horloge sonnait huit heures quand la voix du majordome lui parut sortir d'un rêve.

— *Sir… Wake up…*

John Surratt ouvrit les yeux. Penché au-dessus de lui, le fidèle serviteur de George N. Sanders, qui l'hébergeait depuis son arrivée à Montréal, le fixait intensément.

— Monsieur désire vous voir de toute urgence.

— Oui… J'arrive… marmonna John, encore endormi.

Le serviteur quitta la chambre sans se retourner.

Demeuré seul, John s'assit au bord du lit et se frotta les yeux. La nuit avait été longue et peuplée du même cauchemar qui revenait le tourmenter sans cesse depuis son départ des États-Unis. Chaque fois, ce rêve le ramenait dans l'auberge tenue par sa mère. Chaque fois, Wilkes Booth brandissait un pistolet, pointant tour à tour chacun des complices rassemblés. Quand Wilkes le pointait enfin vers lui, John retenait son souffle, cherchant dans le regard de celui qui s'était juré d'abattre le président Lincoln une raison à sa folie meurtrière. Il se réveillait alors en sueur, le cœur battant à tout rompre.

« Il nous a tous ensorcelés. Ma mère, surtout… »

Voulant se soustraire à ce souvenir, John se leva, enfila ses vêtements en un rien de temps, se chaussa et se dirigea vers la porte de sa chambre, qu'il ouvrit toute grande.

Il avança sans se presser dans un long corridor décoré de portraits de famille.

« Sanders va sûrement m'annoncer que je dois quitter cette maison », songea le fugitif.

Après quelques secondes, il emprunta un large escalier dont la main courante en acajou verni brillait sous les rayons du soleil qui entraient par une vaste fenêtre. Il aboutit enfin dans un salon où un homme était assis dans une bergère au tissu couvert de motifs byzantins. Installé tout près d'un âtre dans lequel se consumaient de grosses bûches d'érable, il tenait un journal ouvert devant ses yeux.

— Vous vouliez me voir ? demanda John.

— J'ai de bien mauvaises nouvelles à vous apprendre, commença son protecteur.

Il fit signe à son valet de lui apporter les journaux qui traînaient sur une table basse près d'une crédence en bois exotique. Le domestique s'exécuta aussitôt, puis Sanders tendit le journal à John.

— De bien mauvaises nouvelles, hélas, mon pauvre ami… répéta-t-il.

Les mains de John tremblèrent en s'emparant du dernier tirage du *Courrier du Canada*. Il vit sa photo en haut à gauche, celle de Booth au centre et celle de leur complice Herold à droite. Sous les photos, en caractères gras, était inscrit le montant des récompenses qui seraient versées pour leur capture : cent mille dollars pour Wilkes Booth et vingt-cinq mille pour ses deux comparses. Les chiffres valsèrent un moment devant ses yeux et un frisson courut le long de son échine.

— Booth a échappé à ses poursuivants. Il est toujours en cavale. Personne ne sait où il se trouve, dit Sanders, brisant le lourd silence qui s'était abattu sur la pièce.

John ne leva pas les yeux de la page ouverte devant lui. Il poursuivit la lecture de l'article. Les noms des autres conspirateurs étaient inscrits en grosses lettres. Son cœur se serra quand il lut le nom de sa mère Mary.

— Elle n'a rien fait… murmura-t-il.

— Ce n'est pas ce qu'en pensent les agents de la Sécurité militaire.

— Elle n'a fait qu'héberger les amis de Booth…

— Et Booth lui-même, coupa Sanders.

Un silence s'installa entre l'invité et son hôte.

— Bien que je sois sympathique à la cause des Confédérés du Sud, je n'accepte pas d'être associé à ce meurtre sordide. Ce que Booth et son équipe ont décidé…

— Booth et Herold ont agi sans le consentement des autres, ma mère y compris, interrompit John qui n'aimait pas que Sanders l'inculpe ainsi.

Celui-ci s'était tu et conservait un air renfrogné.

— Nous ne savions pas… murmura John.

— Est-ce vrai que vous et votre mère vous adonniez à la contrebande du tabac ? questionna à nouveau son vis-à-vis.

— Depuis la mort subite de mon père, notre situation financière était très précaire, se défendit encore John.

— Bien sûr… laissa tomber Sanders d'un ton dubitatif. Tout est question d'argent, n'est-ce pas ?

Le maître de la maison prit la tasse de café qui refroidissait sur le guéridon tout près de lui, la porta à ses lèvres surmontées d'une grosse moustache noire qu'il essuya du bout des doigts dès qu'il eut reposé la tasse dans la soucoupe.

— On dit aussi qu'elle gardait des armes chez elle. Est-ce vrai ?

— Pas à la maison de chambres. Elle les avait transférées à la taverne de Surrattsville. Wilkes lui avait demandé de le faire.

— Toujours pour de l'argent ?

— Oui.

— Tout comme vous avez été payé pour transmettre des informations d'importance à des agents confédérés…

— Je ne le nie pas. Je suis maître de poste depuis la mort de mon père, il est normal que je fasse suivre des correspondances.

Sanders porta les mains aux rouflaquettes qui encadraient son visage grassouillet et soupira bruyamment.

— J'ai promis de vous cacher dans ma maison à condition que ma propre sécurité et celle de ma famille ne soient pas mises en danger. Hélas ! je vais devoir faillir à ma promesse.

Désemparé, John déposa le journal sur le bras du fauteuil dans lequel il avait pris place à son arrivée et se leva.

— Je n'ai nulle part où aller dans cette ville. Je ne connais personne…

Sanders toussota, se leva à son tour et marcha vers l'âtre. Il s'empara du tisonnier fiché dans son support en fer forgé, le brandit un moment avant d'en piquer la pointe dans un rondin à demi consumé.

— Je m'en doutais, c'est pourquoi j'ai trouvé un endroit plus sûr. Loin d'ici, cela va de soi. En ville, les nouvelles vont vite. Et puis, les agents de la Sécurité américaine ne tarderont pas à venir fouiner à Montréal, surtout à cause de la présence de Jacob Thompson dans cette ville.

John ne répondit pas. Il préférait cent fois demeurer cloîtré quelque part que de courir les routes sans trop savoir où se cacher.

Sanders se rassit dans son fauteuil et joignit ses mains sur son ventre rebondi.

— Depuis des millénaires, il existe des endroits où quiconque en a besoin peut demander asile et être en sécurité. Des lieux inviolables…

— Les églises… enchaîna John.

— Ainsi que les monastères et les résidences des prêtres, ajouta Sanders.

John se rembrunit. Était-ce vraiment la seule issue à cette impasse ? Devrait-il, à tout jamais, se terrer au fond d'une cellule d'abbaye sans espoir de vivre en homme libre ?

— Il y a un monastère à quelques milles d'ici. Vous y serez en sécurité. J'en ai déjà glissé mot à mon ami le curé Lapierre. J'ai confiance en lui, termina-t-il.

John voulut répliquer, mais les mots moururent sur ses lèvres tremblantes. La gorge nouée par l'inquiétude et le cœur en déroute, il se leva et attendit.

— Il m'a assuré qu'il saura vous cacher chez son père une fois que la poussière sera retombée.

— La police militaire sera à mes trousses tant et aussi longtemps que les dirigeants voudront savoir qui a tramé ce complot. Ils sauront remonter jusqu'ici…

— Je sais déjà tout ça ! Moi-même ne suis-je pas dans leur mire ? s'impatienta son hôte.

Il frotta une nouvelle fois ses favoris d'un geste nerveux.

— Nous ne sommes plus à l'abri nulle part, avoua-t-il, l'air soucieux.

John acquiesça du chef.

Quand il avait décidé de venir se réfugier au Canada, il s'imaginait pouvoir vivre librement, peut-être même se trouver du travail et commencer une nouvelle vie.

« Tu n'as rien fait… C'est injuste ! », tempêta cette fois la voix de la raison.

Il n'avait fait que son travail de maître de poste. Rien de plus, rien de moins. Sa mère Mary l'avait entraîné dans une affaire dont il ne connaissait malheureusement pas le dénouement tragique. Il ne voulait que se faire un peu d'argent et laisser derrière eux un passé de misère.

— C'est vraiment tout ce que je peux faire pour vous. J'espère que vous me comprenez, se défendit cette fois Sanders.

— Je comprends très bien… Merci, monsieur, dit-il en quittant les lieux.

Le valet le précéda dans le corridor, puis dans l'escalier. Les deux hommes parcoururent en silence la courte distance vers la chambre. Le fuyard y entra, ramassa ses effets laissés épars sur la chaise et la commode, les plaça sans précaution dans sa besace de toile que les intempéries avaient tachée par endroits, enfila son manteau puis attrapa son chapeau de feutre qu'il garda dans sa main gauche. Il posa un regard circulaire sur la chambrette, vérifiant s'il n'y oubliait pas quelque chose. Satisfait de son examen, il releva la tête vers le majordome qui attendait près de la porte ouverte.

— Je suis prêt, dit John.

Les deux hommes parcoururent le chemin inverse jusqu'à la porte d'entrée de la maison. John aurait espéré que son hôte soit présent et lui souhaite bon voyage, mais celui-ci afficha un désintéressement complet en demeurant dans le grand salon.

— Bon voyage, monsieur, déclara le valet en ouvrant la porte.

Incapable de prononcer un seul mot, John quitta la maison cossue. De nouveau obligé de fuir, il descendit les marches de pierres et posa les pieds sur le trottoir. Il resta figé un moment, ne sachant pas trop quel chemin prendre. Dans sa tête en feu, les informations du majordome lui revinrent par bribes: «Vous tournerez à droite, longerez la rue sur tout son long avant d'aboutir à...»

Les cris d'enfants jouant dans la cour voisine le firent sursauter. John leva le front vers la maison d'en face et examina une à une les fenêtres. Derrière l'une d'elles, il crut apercevoir la silhouette d'une femme. Craignant que celle-ci puisse distinguer son visage, John enfonça davantage son chapeau de feutre marron sur son front et quitta les lieux au pas de course. Il serra les poings avant de les enfouir au creux de ses poches, et il retint avec peine les jurons qui se bousculaient contre ses lèvres.

—Je ne resterai pas toute ma vie victime d'un crime que je n'ai pas commis, maugréa-t-il.

L'idée germa dans son esprit de partir à l'aventure. Le plus tôt possible. Loin. Très loin d'ici.

— Là où personne ne me reconnaîtra...

Ragaillardi par cette perspective de liberté, John traversa la rue et marcha dans la direction indiquée par le serviteur de Sanders.

«Tu ne seras pas si mal dans un monastère», tenta de le convaincre la petite voix au fond de lui.

Pour l'ancien élève en théologie, ce passage obligé lui parut en accord avec sa nature profondément méditative.

— Là-bas, je trouverai la paix et la sécurité, se rassura-t-il.

Derrière lui, les cris des enfants s'estompèrent, remplacés par le bruit des roues des carrosses qui envahissaient les rues.

Chapitre 6

La visite

Honorine entra en coup de vent dans la maison maternelle.

— Le curé s'en vient ! annonça-t-elle.

— Déjà ? Je t'avais bien dit qu'il viendrait mettre son nez dans nos affaires aussitôt qu'il le pourrait ! s'exclama Euphrasie.

Les deux femmes s'empressèrent de dénouer les cordons de leurs tabliers. Elles les plièrent en hâte avant de les faire disparaître dans l'armoire placée sous l'évier dans lequel trempait de la vaisselle sale.

— Nettoie la table ! Dépêche-toi ! ordonna la mère à sa fille.

Honorine s'exécuta. Elle avait à peine lancé les miettes dans l'évier que le prêtre posait le pied sur la galerie. Il frappa à la porte et entra sans que la propriétaire de la maison ait eu le temps de l'y inviter.

— Bonjour, mesdames ! claironna-t-il.

Il enleva son chapeau qu'il tint un moment dans ses mains avant de le déposer sur un des crochets que lui désignait Euphrasie de sa main tendue.

— Bonjour, monsieur le curé, dit Honorine.

Elle tira une chaise de sous la table, l'approcha du prêtre qui y prit place.

— De la bien belle visite, que vous avez là, madame Bergeron, commença-t-il.

— En effet ! De la belle visite…

— Vous êtes ici depuis longtemps ? interrogea-t-il en fixant Honorine de ses prunelles aussi dures que des noyaux d'olive.

— Je suis arrivée il y a seulement deux semaines, répondit Honorine.

— Je ne vous ai pourtant pas vue à la messe de dimanche dernier, précisa le curé.

— Je n'y suis pas allée, en effet, répliqua Honorine, sans sourciller.

— Toute bonne catholique doit assister aux offices. C'est une règle écrite de…

— J'ai eu un malaise, l'interrompit Honorine.

Le curé Boucher se tourna vers Euphrasie qui approuva les dires de sa fille d'un mouvement discret de la tête.

Honorine demeurait debout, rigide, les mains jointes à la hauteur de sa taille.

— Je comprends que vous êtes veuve depuis peu, ajouta le prêtre.

— Oui.

— Une bien triste épreuve pour vous.

— La pire épreuve que Dieu m'ait envoyée, répliqua Honorine.

Des larmes lui picotèrent les yeux et elle battit des paupières.

— Dieu éprouve ses enfants pour tester leur foi…

Le prêtre l'observa un long moment en silence avant de reporter son attention sur Euphrasie, qui baissa la tête pour éviter le regard inquisiteur de celui qui était venu, en bon berger, retrouver deux brebis égarées.

— Et vous, madame Euphrasie, vous étiez souffrante aussi ?

— J'ai préféré rester auprès de ma fille.

— Voilà qui est tout à fait charitable, mais vous auriez pu venir demander l'aide de Dieu en personne, la tança le prêtre.

Le curé Boucher se frotta le menton d'un geste nerveux.

— Que comptez-vous faire maintenant, madame Honorine ? questionna-t-il enfin sans détour.

— Que voulez-vous dire, monsieur le curé ?

— Il va falloir trouver un nouveau mari pour prendre soin de vous et de votre mère.

Honorine écarquilla les yeux de surprise devant pareille incompréhension. Elle se tourna vers Euphrasie, quémandant son aide. Sa mère ne broncha pas, conservant une attitude neutre devant celui qui n'attendait qu'un mot de sa part pour, encore une fois, jeter sa vindicte sur elle.

— Je ne suis veuve que depuis peu de temps, monsieur le curé. Vous devez comprendre que… commença Honorine.

— Je comprends, mais il n'est pas bon qu'une femme de votre âge, ayant connu la chair de surcroît, reste sans la protection d'un homme. D'un mari, je le précise.

— Je n'ai pas encore le cœur à me trouver un mari ! s'offusqua-t-elle cette fois.

Le ton avait monté et Honorine avait peine à garder son calme.

— Je comprends votre chagrin, insista le prêtre, mais il faudra, tôt ou tard, penser à votre avenir.

Il fit une pause avant de se tourner vers Euphrasie, qui soutint son regard.

— Tout comme vous, madame Bergeron.

— Malgré tout le respect que je vous dois, monsieur le curé, je suis fermement décidée à pas me remarier. À l'âge que j'ai…

— Il n'y a pas d'âge pour se soumettre aux volontés de Dieu, qui a dit qu'il n'était pas bon que la femme vive seule.

— N'est-il pas plutôt écrit dans la Bible que c'est l'homme qui ne doit pas vivre seul ? osa Honorine.

Le curé Boucher la fixa d'un air sévère.

— J'ai lu la Bible en compagnie de mon mari. Tous les soirs avant de nous coucher, nous en lisions un court passage, précisa-t-elle.

— Était-il catholique ? demanda le pasteur.

— Oui.

— Pourtant, il me semble que ces pratiques sont l'apanage des hérétiques, qui soutiennent pouvoir interpréter les paroles de Dieu plutôt que d'en laisser le soin aux prêtres qui, eux, ont étudié les Saintes Écritures.

— Nous ne faisions que lire. Nous n'interprétions pas, précisa Honorine.

— Dans l'Évangile, il est mentionné que les femmes doivent se soumettre à leur maître, en l'occurrence leur père ou leur mari. Telle est la volonté de Dieu et celle de notre Sainte Mère l'Église.

Les joues rougies par la colère qu'il retenait à peine, le prêtre se tut un moment, sans toutefois cesser de dévisager Honorine.

— Je crains que l'apostasie, véritable fléau qui s'étend depuis quelques années dans les villages avoisinants, ne viennent frapper aux portes de mes ouailles. Nous sommes un village naissant. Nous avons besoin d'une église et d'un presbytère, de familles et d'enfants pour que le diocèse nous accorde l'argent nécessaire. Si toutes les veuves décident comme vous de ne plus se remarier, que ferons-nous ?

Euphrasie crut bon d'interrompre sa harangue :

— Vous êtes tout rouge, monsieur le curé, voulez-vous un verre d'eau ?

Le curé leva la main, stoppant l'élan de la maîtresse de maison.

— Merci. Je n'ai pas soif, dit-il d'un ton acerbe.

Euphrasie reprit sa place, docile.

Le curé fixa à nouveau Honorine, qui affichait toujours une attitude bravache.

— Vous me semblez une jeune femme bien déterminée, souligna-t-il.

Honorine ne répondit pas.

Le prêtre se leva, imité par Euphrasie. Honorine ne bougea pas d'un cil et conserva son attitude renfrognée.

— J'aimerais que vous veniez vous confesser avant l'office de dimanche prochain, lui dit-il.

— Je n'ai rien à confesser, se rebiffa-t-elle.

Elle accompagna sa réponse d'un regard qui en disait long sur l'antipathie que le prêtre lui inspirait.

— Laissez-moi en être le seul juge, la tança le curé.

Il se dirigea vers la porte, pivota sur ses talons et ajouta :

— Je vais vous bénir. Agenouillez-vous !

Les deux femmes s'exécutèrent à contrecœur. Le prêtre leva le bras droit, prononça les paroles en latin, mille fois répétées. Les veuves baissèrent le front et se signèrent.

— Amen, répondirent-elles.

Cette fois, le curé Boucher se dirigea vers la porte, attrapa son chapeau qu'il posa sur sa tête avant de quitter la maison sans se retourner. Honorine et sa mère se relevèrent, les lèvres pincées et les poings serrés. Elles demeurèrent sur place et observèrent le prêtre s'éloigner de la maison à pas pressés.

Quand elle le sut assez loin pour ne pas être entendue, Euphrasie emprunta la voix nasillarde du prêtre et le parodia :

— Laissez-moi en être le seul juge…

Cette imitation eut pour effet de détendre Honorine, qui pouffa de rire.

— Ce n'est pas bien de se moquer ainsi, la réprimanda-t-elle.

— Pas plus que de te traiter de pécheresse sans te connaître, objecta Euphrasie.

Honorine s'approcha de celle pour qui elle avait la plus grande admiration. Encore plus aujourd'hui, maintenant qu'Euphrasie la traitait en égale.

— Les lois de l'Église catholique demandent de se confesser une fois l'an, juste avant de faire ses Pâques. Il peut pas t'obliger à te confesser plus souvent.

— Je crains de devoir le faire, sinon il m'aura constamment dans sa mire, et je n'aurai plus de répit… soupira-t-elle.

— À ta guise… Moi, il me fait pas peur. Pas plus que tous ces hommes en soutane qui nous traitent comme des inférieures. J'en ai assez de me faire dire quoi faire ou ne pas faire, mais surtout de me faire traiter de pécheresse.

Euphrasie replaça la chaise près de la table avant de se diriger vers l'évier. Elle ouvrit la porte de l'armoire, récupéra son tablier et celui d'Honorine, qu'elle lui tendit.

Dans le grand récipient d'acier émaillé beige, l'eau avait refroidi ; un cerne de gras s'était formé tout autour.

— Va me chercher la bouilloire, ordonna Euphrasie.

Honorine s'exécuta. Elle versa l'eau chaude pardessus la vaisselle. Une vapeur blanche s'éleva devant leurs visages. Euphrasie s'empara du torchon et se mit à frotter les assiettes et les ustensiles qui y trempaient.

— En tout cas, la prochaine fois qu'il mettra les pieds ici, j'aurai une petite nouvelle pour lui, commença Euphrasie.

— Laquelle ? s'inquiéta Honorine.

Sa mère ne répondit pas tout de suite. Devait-elle annoncer à sa fille son désir de renier les croyances de ses ancêtres pour devenir une adepte des religions protestantes qui fleurissaient de plus en plus dans la région ?

— Vous n'allez pas céder à son chantage et vous remarier, j'espère ? continua Honorine.

— Jamais de la vie !

— Alors, dites-moi…

— Tu le sauras en temps et lieu, ma fille.

— Pourquoi pas maintenant ? insista Honorine.

— Parce que je dois prendre plus de renseignements afin de me faire une meilleure idée de mon projet.

Intriguée, Honorine fronça les sourcils.

— Un projet ?

Elle connaissait assez sa mère pour savoir que lorsqu'elle avait une idée dans la tête, Euphrasie prenait le temps d'y réfléchir longuement avant de se lancer dans une aventure qui pourrait être vouée à l'échec.

— Samedi prochain, on ira à Saint-Hyacinthe. Ça fait longtemps que j'ai pas vu ma cousine Marianne. À moins que tu préfères demeurer à la maison et te reposer ?

— Au contraire, ça va me faire du bien de me changer un peu les idées.

La pensée d'aller faire un tour « en ville » plut à Honorine, qui en profiterait pour rendre visite à sa grande amie Cordélia, à qui elle n'avait pas donné de nouvelles depuis au moins quatre mois.

Chapitre 7

La capture

Dix jours s'étaient écoulés depuis l'assassinat du président. John Wilkes Booth et son fidèle complice David Herold avaient tout d'abord trouvé refuge chez le docteur Samuel Mudd avant de se cacher dans la grange d'un dénommé Garrett, qui y faisait sécher sa récolte de tabac. Les conspirateurs savaient que des hordes de mercenaires et de militaires avaient été lancées à leurs trousses et que la grande valeur de la récompense motivait leur ardeur. Parmi les militaires déployés, les hauts gradés avaient spécialement donné comme mission à la milice commandée par le capitaine Edward P. Doherty de les capturer vivants afin de connaître, mais surtout de comprendre les motifs qui avaient poussé ces hommes à commettre ce geste ignoble.

Edward Doherty avait d'abord reçu des informations selon lesquelles Booth et Herold avaient été reçus chez Samuel Cox, un démocrate opposé à l'abolition de l'esclavage et établi dans la région de Rich Hill. La trace des deux fuyards avait ensuite été perdue, jusqu'à ce qu'une piste mène tout près de la ville portuaire de Port-Royal, où ils avaient été aperçus; leur présence avait été signalée du côté de la ferme Garrett. C'est là que Doherty et ses hommes avaient retrouvé ceux qu'ils traquaient depuis bientôt dix jours.

Les fantassins avaient encerclé le bâtiment et se tenaient, fusils en joue, attentifs aux ordres de leur supérieur.

— Restons sur nos gardes, ils sont sûrement armés, dit celui-ci.

Le capitaine Doherty contrôla d'une main ferme son cheval nerveux.

D'ailleurs, lui-même n'était-il pas nerveux ? Il avait pourtant bataillé dur depuis plusieurs années, mais jamais encore n'avait-il ressenti pareil malaise, alors qu'il devait accomplir cette mission peu commune.

Edward P. Doherty était issu d'une famille d'origine irlandaise habitant à Saint-Hyacinthe, où son frère tenait un magasin général rue Saint-Simon. À l'image de plusieurs Canadiens français qui avaient vu l'opportunité de gagner un peu d'argent, mais surtout de son frère aîné Henry qui aimait l'aventure, le jeune

Doherty avait trouvé dans l'armée un sens à sa vie. Le conflit américain l'avait appelé au front : tout comme son compatriote de Verchères, Calixa Lavallée, il s'était engagé dans une milice de Canadiens volontaires pour combattre dans les armées de l'Union composée des habitants du nord des États-Unis et dont les partisans exigeaient la fin de l'esclavage.

Il songea à l'avenir qui l'attendait. Trouverait-il une femme pour fonder à son tour une famille et assurer la postérité au clan Doherty ? Que deviendrait-il ? Commerçant, comme son frère ? Ou s'installerait-il, comme beaucoup d'autres hommes de son âge, sur un lopin de terre qu'il défricherait à la sueur de son front d'une étoile à l'autre ?

Cette dernière perspective ne l'enchantait guère. Les grandes chevauchées, l'odeur de la poudre, la vie quotidienne entre compagnons soldats, la peur, les défis… Tout cela ne lui manquerait-il pas ?

Bien que la paix fût signée entre le Nord et le Sud, Edward savait que les combats continuaient. Sa démobilisation n'était donc pas chose faite, surtout depuis que, dès le soir de la mort de Lincoln, Edward avait reçu des ordres formels : « Prenez avec vous un contingent de vingt-cinq hommes et partez à la recherche du meurtrier et de ses complices. Il nous les faut vivants. »

— Vous êtes encerclés ! Rendez-vous, sinon nous mettrons le feu et vous mourrez calcinés ! tonna-t-il.

Un long silence suivit cet avertissement, brisé par les hennissements des chevaux impatients.

Autour de la grange, ses hommes se tenaient aux aguets. Edward balaya les environs de son œil de faucon. Il nota l'emplacement de chaque soldat prêt à faire feu sur son ordre.

Les consignes étaient claires : ils devaient tirer dans leurs jambes afin que toute fuite soit ainsi neutralisée.

Le capitaine remarqua soudain un soldat appuyé contre la façade est du bâtiment et reconnut ce rebelle qu'il avait dû réprimander quelques jours auparavant pour avoir désobéi aux ordres de son lieutenant. Boston Corbett Dugout… Doherty était au courant de l'histoire de cet ancien chapelier qui, après avoir perdu sa femme et sa fille, avait sombré dans l'alcool avant de se convertir et de devenir un fervent chrétien nouvellement investi d'une mission – il était même allé jusqu'à se castrer lui-même…

La folie de Corbett était connue de ses camarades de bataillon et tous l'évitaient.

À l'intérieur de la grange, la voix de Booth s'éleva soudain :

— Capitaine ! Faites reculer vos hommes de cent soixante pieds !

— Mes hommes resteront là où ils sont ! Sortez !

Le silence revint un moment. Il était plus de deux heures du matin et Edward avait hâte de régler la situation.

— Sortez ! Mains sur la tête ! tonna-t-il encore.

— D'accord ! Il y a un homme qui va sortir, répondit Wilkes Booth.

Quelques secondes s'écoulèrent. La porte de l'entrepôt s'entrouvrit lentement. David Herold en sortit, les mains jointes sur la tête. Il marcha à pas lents jusqu'à la première ligne de soldats, qui s'en emparèrent et le mirent aussitôt à l'arrêt.

La voix de Booth s'éleva de nouveau :

— Capitaine ! Je suis infirme, car j'ai une jambe blessée. Je ne peux pas marcher sans béquilles.

— Je ne vous laisserai pas une seule chance de vous évader encore une fois. Sortez ! Les mains sur la tête ! répondit Edward.

Le meurtrier du président se présenta dans la mince ouverture en claudiquant. Il avait à peine franchi le seuil que, dans un dernier sursaut, il retraita vers l'intérieur, incapable de se rendre.

Concluant qu'il ne se livrerait pas facilement, Everton Conger, un enquêteur fédéral qui accompagnait le détachement de soldats, ramassa une poignée de foin sec qui traînait par terre et y mit le feu avant de la glisser dans une fente entre les planches de la grange. Les flammes s'élevèrent rapidement, léchant au passage le bois que le temps avait desséché.

Avisant un interstice dans le mur et profitant de la lumière dans la grange, Boston Corbett aligna le canon de son fusil et appuya sur la gâchette. Touché à la nuque, Wilkes Booth s'effondra.

Un autre détective du gouvernement, Lafayette Baker, se précipita dans la grange pour en sortir Booth.

— Il nous le faut vivant ! cria-t-il.

Aidé des soldats, Baker transporta Booth jusqu'au porche de la maison de Garrett. On l'installa sur un matelas de fortune. Quand Edward arriva près de lui, Booth lui lança un regard désespéré.

— Tuez-moi ! l'implora-t-il dans un murmure.

Il voulut tendre ses mains vers lui, mais ses membres paralysés ne lui obéissaient plus.

— Tuez… moi…

Désormais incapable de déglutir, pleinement conscient, l'assassin de Lincoln agonisait dans d'horribles souffrances. D'instinct, Edward Doherty posa une main sur son revolver et fixa celui dont les hoquets frénétiques s'accentuaient. Edward comprenait que la dernière heure du meurtrier d'Abraham Lincoln avait sonné. En bon chrétien, il aurait aimé mettre fin à sa lente agonie. Mais derrière lui, les mots des détectives le firent se ressaisir.

— Il nous le fallait vivant ! Comment allons-nous savoir qui a orchestré ce complot ?

Les militaires s'approchèrent et formèrent un cercle autour de Booth. L'un d'eux lui apporta de l'eau, mais le moribond ne put l'avaler. Boston Corbett se tenait en retrait.

— C'est toi qui vas recevoir la récompense, lui dit l'un de ses camarades.

Edward Doherty releva le front et fixa le contrevenant avec sévérité avant de préciser :

— Nous avons tous contribué à la capture de ce meurtrier. La récompense sera divisée entre nous tous.

Les paroles de leur capitaine rassérénèrent les soldats.

Non loin de la maison, l'incendie de la grange avait été éteint rapidement et un peu de fumée montait dans l'air nocturne.

La mort d'Abraham Lincoln était vengée, mais la haine qui divisait le pays, elle, demeurait.

Chapitre 8

La rencontre

— Mon Dieu qu'il y a du monde en ville aujourd'hui ! s'étonna Honorine.

— C'est comme ça tous les samedis, tu te rappelles pas ? répondit sa mère.

— Pas vraiment... Il faut dire que quand papa vivait, c'était surtout lui qui venait faire les commissions, précisa la jeune femme.

— T'as raison. D'ailleurs, regarde bien autour de nous...

Rue des Cascades, le long de laquelle voisinaient résidences privées et commerces, beaucoup d'hommes, certains en complets sombres, d'autres portant la vareuse grise des travailleurs ou brune des fermiers, marchaient d'un pas pressé.

— Il n'y a presque pas de femmes, dit Honorine.

— Depuis la mort de ton père, je me suis habituée à me promener parmi tous ces hommes. Ils me regardaient un peu de travers au début, mais avec ma robe noire de femme endeuillée, c'était plus facile pour eux de m'accepter ici.

Honorine pouffa de rire.

— Voilà donc pourquoi vous portez toujours vos robes noires ?

— La plupart des gens que je croise ici connaissent rien de moi. Je parle à personne ou presque. Aucun homme bien élevé n'adresserait la parole à une veuve dans la rue. Ce serait inconvenant.

— Et les femmes ? Elles sont habituellement si curieuses, les commères !

— Je raconte pas ma vie à tout venant. Je demeure discrète. C'est le secret pour éviter les commérages.

— Mais peut-être pas les rumeurs, coupa sa fille.

— Les rumeurs prennent naissance dans les villages. Pas dans les villes. Et puis, elles auront beau dire ou beau faire, les commères, j'ai rien à me reprocher et ce sont pas les habitants du village qui vont venir fouiller dans ma vie privée, s'insurgea Euphrasie.

Honorine sourit. Elle leva le front vers un couple qui approchait.

— Fais comme moi… Un petit signe de tête avant de fixer le sol devant toi et de continuer ton chemin en silence, conseilla-t-elle à mi-voix.

Honorine suivit les recommandations de sa mère. L'astuce de cette dernière s'avéra efficace, puisqu'aucun des deux Maskoutains n'osa les interpeller.

La mère et la fille continuèrent leur route en retenant les fous rires qui les secouaient. Elles marchèrent bras dessus bras dessous, s'arrêtant parfois devant la vitrine d'un magasin, sans toutefois y entrer. Leurs pas les menèrent devant le 460, rue Saint-Simon, le magasin général Doherty, où une foule s'était rassemblée. Sur le seuil du bâtiment à deux étages, monté sur une boîte en bois, le propriétaire des lieux s'adressait aux curieux :

— C'est mon frère Edward qui a capturé l'assassin d'Abraham Lincoln ! s'écria-t-il.

— Votre frère est un vrai héros ! cria l'un des badauds.

Des bravos et des hourras fusèrent, apeurant un cheval qui passait tout près. Les hennissements de la bête firent se retourner Honorine qui, voyant que le cheval fonçait vers elle, chercha à fendre la masse compacte des hommes rassemblés. Ce faisant, son pied buta contre celui d'un homme tout près d'elle. N'eût été la poigne solide qui la retint, la jeune veuve se serait étalée de tout son long sur le sol.

L'étranger la garda serrée contre lui pendant un long moment. Les mains encerclant sa taille, le souffle de l'inconnu contre sa joue, son odeur virile, son corps collé au sien firent chavirer ses sens et Honorine ferma les yeux. Comme une explosion, le désir refoulé depuis la maladie de William refit surface et la subjugua.

— Ça va ? demanda l'inconnu.

Honorine leva les yeux. Deux iris d'un bleu d'azur la fixaient intensément.

— Oui… Merci… Ça va aller, bafouilla-t-elle.

Reprenant ses esprits, elle se détacha de son sauveur, replaça son bonnet qui avait glissé sur le côté, libérant ainsi des mèches de cheveux aux reflets roux que le vent fit valser un moment devant son visage.

L'inconnu ramassa le petit sac de tissu que la jeune femme avait laissé tomber et le lui tendit.

Honorine s'en empara, les joues roses à la fois d'excitation et de gêne. Que lui arrivait-il donc ? Pourquoi tout cet émoi pour un étranger ? Elle eut honte de ressentir pareille émotion alors que William était à peine enseveli.

— J'espère que vous n'avez rien, mademoiselle.

L'étranger la fixait toujours, attentif, le regard bienveillant.

— Je vais bien, merci, répéta-t-elle plus sèchement qu'elle ne l'aurait voulu.

Elle chercha des yeux Euphrasie, se demandant pourquoi elle ne se trouvait pas près d'elle.

— Si vous cherchez votre sœur, je crois qu'elle est là-bas, en compagnie du révérend Brown, ajouta l'homme.

Honorine se tourna vers la direction indiquée par l'inconnu. Elle vit sa mère en grande conversation avec un homme de belle stature.

— C'est ma mère, précisa-t-elle avant de s'esquiver en hâte.

— Ah ! La voilà justement ! annonça Euphrasie en la voyant surgir à ses côtés. Laisse-moi te présenter le révérend Brown.

L'homme d'Église la salua galamment.

— Bonjour, madame Bergeron. Votre mère me parlait justement de votre récent veuvage. Je vous offre toutes mes condoléances, dit-il à Honorine.

— Merci.

— Je dois vous laisser, mesdames.

Il se tourna vers Euphrasie et la salua bien bas.

— Ce fut un plaisir de vous croiser, dit le révérend.

Il prit congé des deux femmes qui, à leur tour, quittèrent les abords du magasin général où le père du capitaine Doherty répondait toujours aux questions des hommes rassemblés.

— Ne m'aviez-vous pas dit que vous ne parliez à personne ? la taquina Honorine.

— C'est pas quelqu'un d'ordinaire. C'est un pasteur de l'Église unie d'Angleterre. Il préside des offices à la petite chapelle non loin d'ici, de l'autre côté de la voie ferrée. Presque de biais avec la gare…

— Par quel hasard le connaissez-vous ? s'enquit Honorine, étonnée.

— Je te raconterai plus tard. Dépêchons-nous, Marianne nous attend.

Sans plus un mot, les deux femmes accélérèrent le pas. Elles empruntèrent un moment la rue principale avant de tourner à droite rue Saint-Joseph, puis montèrent la côte abrupte et s'arrêtèrent enfin devant une maison à deux étages en briques rouges qui avait pignon sur la rue Girouard. Deux familles y avaient élu domicile ; la famille de la cousine d'Euphrasie habitait le logis du rez-de-chaussée et son mari avait aménagé un cabinet de comptable dans une des chambres.

Euphrasie enviait Marianne de vivre en ville, loin des durs travaux de la ferme, mais aussi de posséder une garde-robe remplie de belles robes, de chapeaux et de manteaux élégants qu'elle se faisait une fierté de porter tous les jours.

Malgré cette différence de classe, les deux femmes éprouvaient l'une pour l'autre une véritable amitié qui avait débuté dès leur plus tendre enfance, alors qu'Euphrasie avait été mise en pension chez sa tante comme bonne à tout faire ; les cousines, environ du même âge, avaient rapidement été très proches.

Le peu d'argent qu'elle recevait comme gages, Euphrasie le donnait à ses parents afin de les aider à arrondir les fins de mois. Les temps étaient durs à la ferme, surtout quand la sécheresse ou les pluies incessantes sévissaient l'été, détruisant les récoltes. Au moins, chez sa tante à la ville, Euphrasie, même servante, jouissait du confort de la belle demeure, mangeait à sa faim et portait un tablier et une coiffe immaculés. Elle se faisait une fierté d'avoir un emploi qui lui garantissait un certain avenir en attendant de trouver un mari.

Un mari…

À vingt et un ans, craignant de devoir coiffer le chapeau de Sainte-Catherine, elle avait opté pour le mariage après avoir rencontré Gérald Bergeron, le fils d'un fermier de Saint-Liboire croisé à l'exposition agricole de Saint-Hyacinthe alors qu'elle y accompagnait son père.

Du haut de ses six pieds, Gérald l'avait conquise dès qu'il avait posé les yeux sur elle. Son sourire franc, ses yeux noisette, ses avant-bras musclés que ses manches retroussées dénudaient, brossant avec frénésie le pelage d'une vache qu'il présentait au concours de beauté annuel, la moustache fine qui ornait ses lèvres charnues ; tout en lui avait séduit Euphrasie qui, pour la première fois de sa vie, ressentait une telle attirance pour un homme.

Ce jour-là, après avoir fait le tour de l'exposition, la jeune femme avait faussé compagnie à son père et s'était rendue à l'étable où Gérald, bredouille et triste que sa vache n'ait pas remporté le prix tant convoité, était déçu.

— C'est votre vache qui est la plus belle, avait-elle lancé, candide.

Gérald s'était retourné, surpris de se faire ainsi interpeller par la belle.

— À mon goût, en tout cas… avait ajouté la jeune femme, soudain gênée.

— Dommage que vous ayez pas été un des juges, avait-il répondu.

Tout sourire, il lui avait tendu la main.

— Je m'appelle Gérald…

— … Bergeron. Je sais, je l'ai entendu quand on a présenté votre vache au concours.

Le jeune fermier avait ri.

— Et vous ? Quel est votre nom ?

— Euphrasie Rodier.

Un bruit venant de l'extérieur l'avait mise sur un pied d'alerte et elle avait jeté un coup d'œil inquiet par-dessus son épaule, affolée à l'idée de voir apparaître son père.

— Votre père est pas avec vous ?

— Oh… Non… Il est… Je… avait bafouillé Euphrasie.

Gérald l'avait toisée de la tête aux pieds et l'avait trouvée mignonne avec ses joues roses, ses yeux sombres aux cils recourbés et sa taille menue.

— Il doit vous chercher partout, devina-t-il.

— Oui… Enfin, je crois… Je dois vous paraître bien mal élevée… C'est pas dans mes habitudes de…

Mal à l'aise, la jeune femme avait reculé de quelques pas quand son père était apparu à l'entrée du bâtiment.

— Ah ! Te voilà enfin !

— Je… Je voulais revoir les animaux avant de partir, tenta-t-elle de se disculper. Et je…

— Et je lui ai gentiment demandé si nous pouvions nous revoir, avait complété Gérald à la place de la belle.

Surprise par cette répartie, Euphrasie était demeurée bouche bée.

— Si vous m'en donnez la permission, bien entendu, avait ajouté Gérald.

— Si Euphrasie est d'accord.

La jeune fille avait acquiescé de la tête, les joues rouges d'excitation.

— Cela nous fera plaisir de vous recevoir chez nous, monsieur… ?

— Bergeron, avait complété Euphrasie.

Gérald s'était tourné vers elle en souriant.

— Dimanche prochain ? avait-il proposé.

— Nous vous attendrons après les vêpres, avait répondu le père à la place de sa fille. Notre ferme est située au coin du 2e Rang et du rang Saint-Georges, juste à côté du ruisseau Vandale.

— Je sais où c'est. J'y serai sans faute, monsieur.

Le père se tourna vers sa fille, dont les yeux brillaient.

— Viens, maintenant, il est temps de rentrer. Ta mère nous attend.

Elle osa un dernier regard vers Gérald, qui n'avait pas bougé d'un pouce.

— À dimanche, monsieur Bergeron.

— À dimanche, mademoiselle Rodier.

Le père et la fille avaient quitté les lieux, le premier marchant à quelques enjambées de celle qui aurait voulu rester à l'étable pour faire plus ample connaissance avec cet homme qui lui chavirait déjà le cœur.

Gérald avait espéré trouver en cette demoiselle l'épouse qui mettrait fin à son célibat, et lui assurerait surtout l'héritage de la ferme paternelle qui devait revenir au premier fils marié.

— Tu devineras jamais qui j'ai rencontré tantôt, commença Euphrasie.

— Viens t'asseoir d'abord, tu me raconteras ensuite, lui dit Marianne en se tournant vers Honorine, qui demeurait sur le pas de la porte.

Elle lui fit signe de se joindre à elles.

— Si vous n'y voyez pas d'inconvénient, j'aimerais profiter de ma venue à Saint-Hyacinthe pour visiter mon amie Cordélia Bernier. Elle demeure pas très loin d'ici, sur la rue Girouard. Ça fait une éternité qu'on ne s'est pas vues.

— Bien sûr ! Entre jeunes, vous avez assurément plein de choses à vous raconter, la rassura la maîtresse de maison.

Honorine salua les deux femmes qui bavardaient déjà sans plus se soucier d'elle.

La jeune veuve quitta la maison et se dirigea à pas pressés vers la côte de la rue Girouard, qu'elle gravit en un rien de temps. Elle bifurqua à droite et s'arrêta devant une maison de deux étages en bois clair. Elle empoigna le heurtoir, frappa trois coups et attendit.

Elle avait hâte de revoir Cordélia et de lui raconter tout ce qu'elle avait vécu depuis son départ de la maison des Finlay.

Chapitre 9

La douleur

Un printemps frais et pluvieux avait fait place à un été rempli de promesses pour les citadins qui envahissaient les rues, les commerces et les restaurants.

Au monastère où John Surratt était toujours terré, les jours s'allongeaient, monotones. Entre les offices religieux auxquels il assistait tous les jours, la lecture de la Bible, les repas pris dans sa chambrette et les quelques minutes qui lui étaient accordées pour aller marcher, le soir, alors que la fraîcheur de la nuit envahissait les jardins monastiques, le fugitif cherchait, dans cette fuite qui durait maintenant depuis deux mois, un sens à sa vie.

Il priait tous les jours, d'abord pour remercier Dieu d'être en sécurité, mais aussi pour lui demander de lui accorder la chance de connaître de nouveau l'existence des gens normaux. Des gens libres…

Les moines ne lui adressaient la parole que pour le saluer ou lui offrir des services. Jamais encore John n'avait pu livrer son lourd secret à quelqu'un qui aurait su l'écouter. Il se sentait rejeté de ce monde qui tournait sans lui.

« Tu serais mieux mort », lui chuchotait une voix maligne, le soir, quand il se recroquevillait au creux de son lit.

Ce midi encore, alors qu'il terminait le repas frugal qu'on lui avait, comme à l'habitude, apporté dans sa chambre, il avait envisagé cette fin comme une délivrance. S'il avait pu changer les traits de son visage et ce passé qui lui collait à la peau, il l'aurait fait sans aucune hésitation. Il en avait plus qu'assez de cette réclusion forcée. Il étouffait…

John laissa errer son regard par la fenêtre ouverte. Il tendit l'oreille et écouta le chant des oiseaux, le bruit dans les feuilles des arbres. Il apprécia la chaleur du vent qui caressait son visage.

« Renaître… Renaître… », répétait inlassablement la voix de l'espoir qui se créait un chemin dans son esprit embrouillé.

— Je ne peux plus rester ici… souffla-t-il.

Une larme glissa sur sa joue fraîchement rasée. Le jeune conspirateur l'essuya d'un geste rageur et regarda les feuilles du journal *The Gazette*, éparpillées sur le sol à ses pieds.

On y racontait le procès des complices de John Wilkes Booth, mais aussi l'arrestation de sa mère Mary, deux jours à peine après l'assassinat du président. On y exposait, avec force détails, les conditions dans lesquelles la pauvre femme avait été enfermée dans une minuscule cellule, sur un navire militaire, avant de compléter ses derniers jours d'incarcération dans la prison d'un vieil arsenal où le tribunal de guerre avait établi son quartier général.

John l'imagina un moment les mains liées, la tête encapuchonnée pour lui enlever toute possibilité de suicide.

Le jeune homme aurait aimé pouvoir lire tous les journaux qui avaient traité cette nouvelle afin de recueillir le plus d'informations possible. Il avait demandé l'aide du moine qui avait été placé à son service, et celui-ci avait pris la peine de vérifier les différentes versions trouvées dans les journaux de langue française entre autres :

— Certains journalistes disent que l'arrestation et l'inculpation de Mary Surratt est une stratégie pour faire sortir son fils de sa cachette, avait-il résumé.

« Elle a été prise en otage », songea-t-il, amer.

Un intense sentiment d'impuissance le submergea et il dut se faire violence pour ne pas éclater en sanglots, comme un enfant.

John fixa un moment les aiguilles du réveil placé sur la petite commode de la chambrette. Elles indiquaient une heure quinze.

— Ça fait déjà un jour, murmura-t-il.

Un violent point de côté le fit se plier en deux. John chancela et porta une main à sa poitrine, qu'il frappa à plusieurs reprises. Des larmes roulèrent sur ses joues, comme autant de diamants minuscules jaillis du plus profond de son désespoir et de sa honte. Jamais il ne s'était senti aussi désespéré.

— Ils n'avaient pas le droit… Pas le droit de te faire ça, balbutia-t-il.

Le 6 juillet, la veille de l'exécution, John avait appris par les journaux que sa sœur Anna, aidée d'amis, d'un prêtre catholique, et de Frederick Aiken, l'avocat de sa mère, avait tout mis en œuvre afin d'éviter l'échafaud à la femme de quarante et un ans. La grâce présidentielle lui avait été catégoriquement refusée par le nouveau président, Andrew Johnson, qui était demeuré imperturbable, même si, dans l'histoire des États-Unis, aucune femme n'avait encore été pendue.

— Pourquoi elle ? marmonna-t-il encore.

John se redressa, marcha jusqu'à son lit sur lequel gisait le dernier journal reçu le matin même, ouvert sur une photo représentant l'exécution des conjurés. On pouvait y lire les noms des quatre cadavres, leurs têtes penchées encapuchonnées, leurs mains et leurs pieds liés.

— Mary E. Surratt, Lewis Powell, David Herold et George Atzerodt, les nomma-t-il à mi-voix, comme dans une litanie.

« Leurs corps restèrent pendus pendant vingt-cinq minutes », disait l'article. D'un geste rageur, John prit le journal et le lança à travers la pièce. Tels des oiseaux de mauvais augure, les feuilles tournoyèrent un moment au-dessus du lit avant de retomber mollement par terre.

— Ils ne m'auront pas ! cria soudain John, en proie à une violente colère. Je leur échapperai. Je me sauverai. Bien loin d'ici. Très, très loin…

« Tu es un paria… », tenta de le décourager la petite voix maligne qui l'assaillait tous les jours.

— Dans peu de temps, je serai un homme libre, se réconforta-t-il.

John attrapa sa besace et y rangea une chemise propre, un pantalon et quelques sous-vêtements.

Deux petits coups secs frappés à la porte le firent sursauter.

— *Yes ?*

— C'est moi, le père Jérôme, se présenta le visiteur en anglais.

— Que me voulez-vous ?

— J'ai à vous parler.

John abandonna sa besace à moitié remplie sur le lit et alla ouvrir. Un moine à l'allure ascétique, grand et maigre dans sa robe de bure, se tenait debout sur le seuil.

— J'ai entendu votre cri, dit-il d'une voix calme.

Il fixa le pensionnaire de ses yeux couleur de ciel d'Irlande avant d'ajouter :

— Je suis là pour vous écouter, mon fils…

John retraita vers la fenêtre, le cœur prêt à éclater tellement la douleur était vive. Il marcha jusqu'au lit sur lequel il s'assit lourdement. Il plongea sa tête entre ses mains et laissa s'écouler la peine qui l'étouffait.

Le moine entra dans la chambrette en silence, referma la porte derrière lui avant de venir prendre place sur la chaise près de l'infortuné.

— Votre peine est grande, commença-t-il d'une voix très douce.

Secoué de sanglots incontrôlables, incapable de parler, John se taisait.

— Je suis là pour vous, mon fils… répéta le moine.

Il posa une main apaisante sur l'épaule de celui dont l'univers venait de chavirer avec la mort de celle qu'il chérissait par-dessus tout.

Chapitre 10

L'amour

L'été était resplendissant. Les semis avaient été faits et les champs se paraient déjà de jeunes pousses vert tendre. Dans les potagers derrière les maisons, les femmes se penchaient sur les plants de tomates, de laitue et de tous ces bons légumes qui garniraient leurs tables.

Honorine adorait ce temps de l'année au cours duquel le soleil tardait à se coucher, offrant à ceux qui trimaient dur toute la journée un moment de détente, le soir venu, alors que les galeries accueillaient les bancs de bois et les chaises berçantes que les saisons froides avaient gardés à l'intérieur.

À l'horizon, le ciel se marbrait de rose et d'orangé. Installée confortablement dans la berceuse, les cheveux défaits, les yeux fermés, Honorine offrait son visage à la douceur de la brise. Elle avait déboutonné le col de sa robe et remonté les manches jusqu'au coude.

C'est ainsi que la découvrit Donatien Rompré.

Il avait hésité plusieurs fois avant de se décider à venir la rencontrer. Sa mère, qui craignait que les démons de la boisson et de la luxure ne viennent le corrompre avant son mariage, avait fait pression sur lui plus qu'à l'accoutumée :

— Tu viens d'avoir vingt et un ans. Y est grand temps que tu te trouves une femme.

— On va pas recommencer cette discussion-là ! s'était impatienté le jeune homme.

— Parle-moi sur un autre ton ! Oublie pas que tu me dois le respect…

— Je vous manque pas de respect, maman. Mais je déteste quand vous me traitez comme un enfant.

— Au contraire, mon garçon, je sais que t'es plus un enfant et c'est pour cette raison que je me permets de te conseiller de prendre une femme au plus vite.

Donatien avait levé les yeux au ciel et soupiré. Il n'en pouvait plus de se faire dire quoi faire.

— As-tu pensé à aller faire un tour du côté de la ferme des Bergeron ? La jeune veuve, Honorine, est revenue chez sa mère. Ce serait un excellent parti pour toi. Et puis, songe que leur terre touche à la nôtre. Tu pourrais agrandir tes possessions et…

— Je marierai pas une femme pour agrandir ma terre, avait-il coupé.

— Si l'un va pas sans l'autre, je vois pas où est le mal.

— Si je marie une femme, ça va être parce que je l'aime.

— Comment peux-tu savoir si tu aimes une femme si t'en fréquentes aucune ?

— Avec les semis, les animaux, les bâtiments à réparer, où voulez-vous que je trouve le temps pour des fréquentations ?

Imelda Rompré s'était tue, préférant garder les mots qui se butaient contre ses lèvres pincées.

Comment lui dire que sa personnalité taciturne, ses bouderies interminables, son air grognon quand il se levait le matin déplairaient assurément à une femme, comme cela lui déplaisait au plus haut point tous les jours ? Comment lui avouer qu'elle rêvait de retourner vivre à Saint-Paul d'Abbotsford où résidaient encore ses frères et ses sœurs ? Il lui tardait que son fils se marie afin de quitter la ferme.

« Je m'entends tellement mieux avec mes filles... », se désespérait-elle, le soir, quand elle se retirait dans sa chambre.

Fervente catholique, Imelda rêvait aussi de pouvoir assister à la messe tous les jours dans une grande église de pierres où des chœurs unissaient leurs voix pour glorifier Dieu. Elle adorait chanter, avait une belle voix de soprano et faisait partie de la chorale de la paroisse, mais la petite chapelle en bois de Saint-Liboire n'avait en rien l'allure d'une cathédrale.

— Il faut que tu te trouves une femme. Le plus tôt sera le mieux, avait-elle osé un soir qu'elle était seule avec Donatien dans la cuisine.

— Y a rien qui presse.

— Je serai pas toujours ici pour prendre soin de toi…

— Êtes-vous malade ? s'était inquiété son fils.

— Non, non…

Imelda avait respiré profondément pour se donner du courage.

— J'aimerais retourner vivre à Saint-Paul…

— Toute seule ?

— J'emmènerais Babette et Louise avec moi. Ce n'est pas à Saint-Liboire que tes sœurs vont trouver de bons partis pour se marier.

Donatien avait fixé sa mère d'un regard étonné d'abord, puis l'avait fusillée du regard avant de se diriger vers la porte d'entrée qu'il avait franchie d'un pas nerveux, oubliant de prendre au passage la casquette qu'il portait pourtant chaque fois qu'il sortait. Il avait sauté au bas de la galerie, avait atterri dans un massif d'iris mauves et jaunes avant de hâter le pas vers la route de terre battue que le soleil et la chaleur de ce début d'été avaient rendue sablonneuse. La colère pressait ses pas vers la maison des Bergeron.

— Si je dois trouver une femme, aussi bien en finir le plus tôt possible, avait-il maugréé.

De nature peu ardente et plutôt timide, Donatien vivait son célibat en solitaire. Jamais encore il n'avait été attiré par une des filles du village qu'il voyait le dimanche à la messe.

« Tu as peur des femmes… », l'avait nargué une petite voix au fond de lui.

— J'ai pas peur, avait-il à nouveau maugréé.

À peine avait-il contourné la maison qu'il s'était figé sur place en l'apercevant. La beauté des femmes lui donnait toujours un choc. Comme un artiste, Donatien aimait observer l'ovale d'un visage, la rondeur des pommettes, la peau lisse d'un front, le charnu des lèvres, la ligne d'un nez. Chez Honorine Bergeron, tout lui parut d'une perfection irréelle. Des mèches de cheveux valsaient doucement sur son front, dessinant une auréole de feu autour de sa peau à laquelle le soleil donnait un reflet doré. Il nota son cou offert et la veine qui y palpitait, rêvant d'y poser les lèvres.

Quelque chose en lui céda soudain, comme une digue retenant le flot impétueux d'une rivière indomptée. Une onde de chaleur le parcourut de la tête aux pieds. Jamais encore il n'avait ressenti pareille joie et pareil trouble.

Donatien ne pouvait détacher ses yeux du tableau que lui offrait cette femme, belle et abandonnée.

« Elle n'est pas pour toi… », susurra la voix maligne.

Donatien voulut faire demi-tour sans déranger la belle. Or, une petite branche se brisa sous la semelle de sa chaussure, alertant Honorine, assoupie. Celle-ci ouvrit les yeux. Elle tourna la tête en direction de l'intrus, qui ne bougea pas. Les deux jeunes gens se toisèrent un moment, interdits.

— Bonjour, dit simplement Honorine.

— Bonjour, répondit Donatien.

— Puis-je vous aider ? demanda-t-elle en se levant.

Dans le clair-obscur, Donatien aperçut sa taille fine, ses mains blanches et délicates croisées sur sa robe noire.

« Comme elle a l'air jeune », s'émerveilla-t-il.

— Je… Je suis… votre… voisin, Donatien Rompré. Je me promenais un peu… avant que le soir s'installe. Je vous ai vue sur la galerie. J'ai pensé que… enfin… ce serait peut-être une bonne occasion pour vous rencontrer… euh, je veux dire pour me présenter… Je…

Il se tut, gêné. La nervosité rendait ses mains moites et il les essuya sur son pantalon.

Honorine avait reboutonné son corsage et replaçait les mèches qui s'étaient échappées de son chignon.

La porte de la maison s'ouvrit soudain et Euphrasie en sortit.

— Tiens donc ! Si c'est pas de la belle visite ! s'exclama-t-elle en apercevant le visiteur.

— Bonsoir, madame Bergeron.

— Bonsoir, Donatien ! Ta mère est pas avec toi ?

— Non, elle est restée à la maison. J'avais le goût de prendre l'air et j'ai vu votre fille sur la galerie. Je savais pas qu'elle dormait. Je veux pas déranger…

— Tu déranges pas, voyons ! Viens t'asseoir ! Je vais aller nous chercher un bon verre de limonade.

Elle se tourna vers sa fille.

— Va donc chercher une chaise pour Donatien…

— Laissez, madame Bergeron, je vais m'asseoir sur la galerie, l'interrompit Donatien.

Il s'exécuta aussitôt, prenant place au haut des marches et appui contre l'un des piliers qui soutenaient le toit.

— Prenez la chaise berçante, maman. Je vais aller chercher la limonade.

Euphrasie obéit volontiers et engagea aussitôt la conversation avec le jeune visiteur.

Une fois dans la maison, Honorine en profita pour se poster à la fenêtre et observer l'intrus à sa guise. La chevelure châtain clair, striée de mèches blondes, couvrait la moitié de la nuque que le travail des champs avait bronzée. Il avait une belle carrure avec ses épaules larges et ses bras musclés. Honorine remarqua le nez court, les pommettes hautes, la bouche charnue.

Rien de comparable avec les traits fins de William, ses lèvres minces, son nez aquilin et ses joues creuses. Le souvenir de celui à qui elle avait donné son corps et son cœur lui revint et elle délaissa son poste d'observation brusquement. Elle alla chercher la limonade dans la glacière, prit trois verres dans l'armoire placée près de la fenêtre et les remplit. Attrapant un plateau de fer-blanc placé sur l'étagère du poêle, elle y installa les verres de façon à équilibrer son fardeau. Après avoir remis la limonade au frais, elle s'empara du plateau et sortit enfin. Elle tendit un premier verre au visiteur, comme le voulait la bienséance, puis à Euphrasie avant de prendre le sien.

— Merci, dit Donatien sans la regarder.

Il vida son verre d'un trait. La boisson fraîche lui fit du bien.

— Tu t'assois pas ? interrogea sa mère.

— J'ai été assise longtemps. Ça me fait du bien d'être debout un peu, se défendit-elle.

— Donatien me disait que l'été s'annonce chaud et humide et que ce sera bon pour les récoltes, continua sa mère.

— Surtout pour les légumes et les fruits, ajouta celui-ci.

— Pourquoi donc ? questionna Euphrasie.

— Parce que quand les nuits sont chaudes, ils poussent plus vite.

Il tourna la tête vers Honorine, qui ne disait mot.

— Vous êtes veuve, à ce que m'a dit votre mère ?

— Oui, depuis plus de deux mois maintenant.

— Je vous offre mes condoléances bien en retard. Je m'en excuse.

— Vous ne pouviez pas savoir.

— J'en ai vaguement entendu parler, avoua-t-il. Mais avec les travaux des champs et à la ferme, j'ai pas vraiment eu le temps de…

— Je comprends très bien, coupa Honorine.

Elle prit une gorgée de limonade pour se donner contenance.

La présence de ce jeune homme la dérangeait. Elle sentait bien que ses pas ne l'avaient pas mené ici par hasard. Qu'il y avait derrière cette visite impromptue le désir de la rencontrer.

Honorine sentit soudain le poids du regard de Donatien et elle le dévisagea à son tour. Ses yeux rencontrèrent ses iris d'acier et elle frissonna. Tant d'ardeur dans ce regard l'inquiéta…

Donatien arrivait à peine à garder son sang-froid et surtout, à retenir le raz-de-marée de sentiments contradictoires qui l'envahissait. Jamais encore il ne s'était senti aussi attiré par une femme. La seule présence d'Honorine éveillait en lui un monstre qu'il ne savait dompter. Incapable de dominer son malaise, le jeune homme se leva abruptement.

— Je dois partir. Merci pour la limonade.

Il descendit le petit escalier et marcha sans se retourner devant la mine hébétée d'Euphrasie et celle soulagée de sa fille.

— Quelle mouche l'a piqué pour partir aussi vite ? dit Euphrasie.

— C'est probablement un homme pas trop jasant.

— Mais un bon parti quand même… tenta Euphrasie.

— Ah non ! Vous n'allez pas recommencer avec ça ! s'impatienta Honorine.

Elle ramassa le verre laissé sur le plancher de la galerie, le plaça sur le plateau et rentra aussitôt dans la maison. Euphrasie n'insista pas et la suivit.

La nuit tombait maintenant sur la campagne endormie.

Sur la route, Donatien marchait d'un pas véloce, le cœur battant et la tête en feu.

Ce soir, pour la première fois et contre toute attente, l'amour avait frappé à sa porte.

Chapitre 11

Le secret

Chez les Bernier, l'horloge grand-père sonna deux heures et demie.

Assises l'une en face de l'autre dans le petit salon, une tasse de thé bien chaud à la main, Cordélia et Honorine bavardaient.

— Ça me fait du bien de te revoir, dit Honorine.

— À moi aussi, répondit son amie. Je me suis ennuyée… Tu m'avais dit que tu reviendrais à la Saint-Jean-Baptiste, lui reprocha-t-elle.

— J'ai tellement eu à faire que je n'ai pas pu venir avant aujourd'hui.

Les deux jeunes femmes se turent un moment et vidèrent leur tasse de thé que Cordélia se fit un devoir de remplir aussitôt.

— Et toi ? Quoi de neuf ? demanda Honorine.

— J'ai rencontré quelqu'un. Il y a trois semaines à peine…

Elle soupira bruyamment avant de poursuivre sur le ton de la confidence :

— Je suis littéralement tombée sous le charme de cet homme, avoua-t-elle.

— Ce n'est pas trop rapide ?

— Pourquoi serait-ce trop rapide ? Le cœur a ses raisons…

— … que la raison ne connaît point, je connais le dicton, compléta Honorine.

Le rire des amies, complices de toujours, s'éleva dans la pièce.

— Il t'a parlé le premier ? demanda Honorine.

— Bien sûr ! ironisa Cordélia. Une jeune fille bien élevée ne s'adresse jamais à un inconnu.

Elle ponctua sa réponse d'un rire cristallin, imitée par Honorine.

— Il est le nouveau pasteur de l'Église unie d'Angleterre.

— Maman connaît un autre pasteur, un certain monsieur Brown, si je me souviens bien.

— C'est justement lui qui va bientôt être transféré à Waterloo. Voilà pourquoi Thomas a été appelé à le remplacer.

— Thomas ? Tu l'appelles déjà par son prénom ?

Cordélia battit des paupières et afficha un air coquin avant de rire sous cape. Honorine orienta la conversation sur celui qui faisait vibrer le cœur de sa jeune amie.

— Parle-moi donc de ce beau pasteur.

— Tout d'abord, je savais qu'il y avait des gens qui pratiquaient cette religion ici à Saint-Hyacinthe, mais je ne savais pas qu'il y en avait autant, commença Cordélia. Thomas m'a raconté que c'est la famille Dessaulles qui a donné un terrain au premier pasteur de l'Église unie d'Angleterre pour construire une chapelle afin qu'il puisse y célébrer des offices. Il y a même un cimetière derrière.

— Ça fait longtemps qu'ils sont installés là ?

— Vingt ans, je crois. Enfin… je ne me rappelle pas trop bien.

Cordélia vida sa deuxième tasse de thé, imitée par son amie.

— Tu en veux encore ? demanda l'hôtesse en approchant la théière.

— Non, merci.

Cordélia la reposa sur la petite table.

— As-tu assisté à un office durant lequel il prêchait ? interrogea Honorine, curieuse.

— Pas un, quatre ! Mais il ne faut surtout pas le répéter. C'est un secret.

— Ta mère ne le sait pas ? s'étonna Honorine.

— Pas encore, avoua son amie. Je lui dis que je vais voir une amie qui habite près de la gare.

Honorine la fixa d'un air perplexe.

— Je sais que ce n'est pas bien de mentir à ses parents, mais ce qu'ils ne savent pas ne leur fait pas mal, s'excusa Cordélia.

Honorine esquissa un sourire en coin. Cordélia avait raison : toute vérité n'était pas bonne à dire.

— Alors, raconte…

— Il me plaît vraiment beaucoup, avoua Cordélia, les joues roses d'excitation. Il sait nous parler des choses de la vie, de l'amour de Dieu, de l'amour des humains. Il prêche avec douceur. Rien de comparable avec les homélies des prêtres catholiques qui, du haut de leur chaire, pointent du doigt les pécheurs que nous sommes selon eux. Surtout nous, les femmes, qui entraînons les hommes dans le péché…

Cordélia poussa un profond soupir d'exaspération avant d'enchaîner :

— Je n'en peux plus de ces remontrances chaque fois que je vais à l'église. Et puis, toutes ces mortifications auxquelles nous devons nous assujettir, sans parler des offices auxquels nous devons assister sous peine de nous confesser.

Honorine en profita pour lui raconter la visite du curé Boucher, qui l'avait exhortée à se soumettre à cet exercice.

— On dirait qu'ils aiment ça qu'on leur raconte nos péchés. Ça doit les exciter, ricana Cordélia.

— Oh… fit mine de s'offusquer Honorine.

Les deux amies s'esclaffèrent en chœur. Après un court silence, Honorine osa poser la question qui lui brûlait les lèvres :

— Es-tu déjà amoureuse de lui ?

Cordélia avoua d'un hochement de tête silencieux, suivi d'une moue dubitative.

— Je crois qu'il est amoureux de moi aussi.

— Pourquoi dis-tu ça ?

— Pendant nos courtes rencontres, il a démontré beaucoup d'intérêt pour moi.

— Plus que pour ses autres paroissiens ?

— Oui, un peu plus… Enfin je crois… Il est si affable, si attentif, si attentionné envers tout le monde… Je le sais bon et charitable.

— Est-il marié ? questionna encore Honorine.

— Il n'a pas encore vingt-cinq ans.

— J'avais déjà pris mari à vingt et un ans, remarqua Honorine.

— Parce que les femmes peuvent se marier plus jeunes.

— Dans ce cas, tu peux encore espérer, chère Cordélia, la taquina son amie.

Cordélia battit des mains en affichant un air joyeux. Incapable de rester immobile sur sa chaise, elle se leva et arpenta la pièce de long en large.

Honorine se rembrunit. Le souvenir de son mari tant aimé l'attrista un moment. Voulant masquer son chagrin, elle déposa à son tour sa tasse de thé sur la petite table, se leva et marcha vers la commode sur laquelle étaient disposés un miroir, une brosse et un peigne ainsi qu'une photo de Cordélia dans un cadre doré.

— Quel âge as-tu sur cette photo ? demanda-t-elle.

Cordélia la rejoignit.

— Seize ans.

— Tu n'as pas vieilli.

— Quand même un peu, j'espère…

— Si peu…

Honorine soupira.

— Moi, j'ai l'impression d'avoir vieilli de dix ans depuis la mort de William.

Cette fois, Cordélia se rapprocha davantage de sa meilleure amie et posa une main affectueuse sur son avant-bras replié.

— Tu dois avoir beaucoup de peine.

Honorine acquiesça en silence. Cordélia n'insista pas et passa simplement son bras autour de la taille de celle qu'elle considérait comme sa sœur.

— Un jour, tu rencontreras un homme qui saura le remplacer et une nouvelle vie s'ouvrira à toi.

— Je ne sais pas si je saurai aimer quelqu'un d'autre. Pas tout de suite, en tout cas. C'est trop tôt.

— L'amour ne se commande pas. Il s'impose à nous quand nous sommes prêts à l'accueillir.

Les deux amies s'enlacèrent un long moment, goûtant dans cette étreinte le bonheur retrouvé d'être ensemble à nouveau.

— Je suis si contente de te revoir, murmura la jeune veuve, la tête appuyée sur l'épaule de sa confidente.

— Moi aussi, chère Honorine.

Le carillon de l'horloge sonnait trois coups quand les amies se séparèrent.

— Qu'est-ce que tu dirais d'aller faire un tour du côté de la gare ? Un train va arriver dans quelques minutes, l'invita Cordélia.

— Ton beau révérend y sera-t-il ? la taquina Honorine qui voyait clair dans le petit jeu de son amie.

Cette dernière rougit et baissa le front.

— Y a pas de mal à faire une petite promenade. L'air est si bon ! se défendit-elle.

Honorine hésita un moment. Elle songea à sa mère qui, en visite chez Marianne, attendait peut-être son retour pour rentrer à la maison. L'image des deux cousines s'imposa à son esprit et la jeune veuve en conclut qu'elles devaient peu se soucier du temps qui passait, préférant bavarder ensemble le plus longtemps possible.

— Pourquoi pas ! dit-elle enfin.

Tout heureuse, Cordélia agrippa la main de son amie et l'entraîna au pas de course vers le vestibule où les jeunes femmes récupérèrent leurs chapeaux, leurs gants et leurs petits sacs.

— Vous sortez ? questionna la mère en se présentant au bas de l'escalier menant à l'étage.

— Oui, nous allons à la gare, expliqua sa fille.

— C'est samedi. Il va y avoir beaucoup de monde…

— Alors ce sera encore plus amusant, rétorqua Cordélia.

— T'as encore ta queue de cheval ! Il me semble que tu pourrais te faire un chignon pour sortir… s'exaspéra sa mère.

Voulant éviter les sempiternelles discussions, la jeune Bernier ne releva pas la remarque et marcha à pas pressés vers la porte d'entrée qu'elle ouvrit d'un seul élan.

— Au revoir, madame Bernier, dit Honorine avant de franchir le seuil.

— Au revoir, Honorine. Tu reviendras nous voir plus souvent, maintenant que tu es de retour dans les parages.

— Je n'y manquerai pas !

Elle prit congé et rejoignit Cordélia qui l'attendait impatiemment sur le trottoir de bois.

Au loin, le vacarme d'une locomotive s'amplifiait, suivi du cri strident de la sirène qui marquait l'arrivée en gare du train venant de Longueuil.

— Dépêche-toi ! lui lança son amie, une main retenant son chapeau, talonnée par Honorine qu'un fou rire assaillait.

Pour la première fois depuis la mort de William, la jeune veuve se sentait revivre.

Leur course les mena, en quelques minutes à peine, sur le quai de la gare bâtie vingt ans plus tôt dans la foulée de la construction du premier chemin de fer Saint-Laurent–Atlantique que George-Étienne Cartier avait fait accepter par le gouvernement canadien. Cette voie ferrée reliait la métropole au port océanique en toutes saisons. La ville de Saint-Hyacinthe avait été retenue dans l'itinéraire initial, projetant de relier les villes de Longueuil, Richmond, Sherbrooke et Island Pond, au Vermont, avant de se connecter au réseau des États-Unis. Racheté quelques années plus tard par la compagnie du Grand Tronc, ce nœud ferroviaire rayonnait dans toutes les directions, amenant une foule de voyageurs qui procuraient à Saint-Hyacinthe un essor économique considérable.

Les jeunes femmes se dirigèrent vers le bâtiment principal, sorte de grand hall en bois couvert et traversé par les rails sur toute sa longueur. Elles s'approchèrent de la salle d'attente, sise du côté sud du bâtiment. Juste en face, des cordes de bois s'entassaient.

Le train s'arrêta au moment où les amies se plaçaient derrière un banc sur lequel attendaient deux adultes et trois enfants. Les petits, excités par la perspective d'un voyage en train, ne tenaient pas en place, malgré les remontrances de la mère et les regards sévères que leur lançait leur père.

Cordélia toucha soudain le bras d'Honorine, qui leva la tête vers elle.

— Il est là, chuchota-t-elle.

Honorine porta son attention vers l'homme qui s'avançait vers elles, les mains croisées derrière le dos.

— Mademoiselle Bernier ! Quelle belle surprise ! s'exclama-t-il en arrivant à leur hauteur.

— Bonjour, pasteur Thomas.

— Vous attendez quelqu'un ? s'enquit-il.

— Non. Pas vraiment... bafouilla Cordélia, soudain gênée.

— Bonjour, dit alors le jeune révérend en se tournant vers Honorine. Content de vous revoir.

— Bonjour, répondit Honorine, gênée à son tour.

— Vous vous connaissez ? s'étonna Cordélia.

— Nous nous sommes croisés près du magasin général de monsieur Doherty, précisa le jeune pasteur.

Cordélia se tourna vers Honorine, quêtant une réponse à son questionnement silencieux. La rumeur de la foule des voyageurs s'amplifia, accompagnée par les bruits de ferraille du train. Avisant une femme qui lui faisait un signe de la main, le pasteur s'excusa et s'éclipsa promptement.

Une fois qu'elles furent seules, Cordélia pinça le bras de son amie, qui gémit sous la torture.

— Vous vous connaissez ! dit-elle, aiguillonnée par la curiosité.

— C'est trop long à te raconter ici. Retournons chez toi. Nous y serons plus à l'aise.

Sans attendre son consentement, Honorine prit les devants. Elle se faufila parmi la foule grouillante, sortit du bâtiment sous le toit duquel une fumée noire et dense s'accumulait, traversa la rue d'un pas décidé et se retrouva sur le trottoir d'en face, Cordélia trottinant derrière elle.

— Attends-moi !

Faisant fi de la mine renfrognée de son amie, Honorine la précéda sur le chemin du retour. Cordélia la rejoignit, essoufflée et le rouge aux joues.

— Raconte-moi, s'il te plaît ! la supplia-t-elle.

Honorine n'aimait pas l'attitude empreinte de jalousie de son amie. Cela pourtant ne lui ressemblait guère. Fallait-il qu'elle soit entichée à ce point de ce jeune pasteur pour agir de la sorte avec elle ? Elle se rappela vaguement le regard désapprobateur qu'elle avait posé sur elle lorsque cet étranger avait avoué la connaître.

« Les femmes sont-elles donc toujours jalouses ? », songea-t-elle, désolée.

« Les hommes aussi le sont », répliqua la petite voix au fond d'elle-même.

Honorine fouilla un moment dans sa mémoire, se rappelant que William ne l'était pas.

« Toi non plus », ajouta la voix.

L'image du couple heureux qu'ils formaient remplit toute sa pensée alors qu'elle arrivait devant la maison des Bernier.

— Raconte-moi comment tu as rencontré Thomas Fryer.

— C'est son nom ? Je ne le savais pas.

— Vous vous êtes pourtant parlé, il me semble.

— Pas vraiment…

Honorine crut bon, pour conserver son amitié, de devoir lui raconter sa mésaventure. Elle le fit, oubliant volontairement les détails qui avaient mis sa raison en déroute.

— Il t'a tenue dans ses bras ! lança Cordélia, de plus en plus contrariée.

— C'était bien involontaire de sa part.

— N'empêche… J'aurais tellement aimé être à ta place !

— La prochaine fois, tu n'auras qu'à faire semblant de tomber quand tu le verras, suggéra Honorine, un brin de malice au fond des yeux.

Cordélia la dévisagea avant de pouffer de rire.

— Je vais suivre ton conseil, dit-elle.

Honorine ouvrit les bras et son amie s'y blottit sans hésitation.

— Excuse-moi d'avoir douté de toi, Honorine.

— Tu ne pouvais pas savoir.

Les rayons du soleil décroissaient au-dessus de la côte.

— Je dois aller rejoindre ma mère, réitéra Honorine.

— Tu reviendras bientôt ?

— J'essaierai.

— Nous irons écouter Thomas prêcher.

— C'est une bonne idée.

Après de brèves embrassades, les deux amies se séparèrent.

Honorine refit le chemin parcouru environ une heure plus tôt. Elle montait les marches menant au perron de la maison quand la porte s'ouvrit.

— Ça fait longtemps que je t'attends, dit sa mère.

— Excusez-moi, je n'ai pas vu l'heure passer.

Euphrasie se retourna et salua son hôtesse, qui se tenait dans le vestibule.

— Encore merci pour toutes ces informations, lança Euphrasie.

— N'hésite pas à revenir quand tu veux ! dit sa cousine.

La veuve Bergeron glissa son bras sous celui de sa fille et les deux femmes prirent le chemin du retour.

— Tu t'es bien amusée ? s'enquit Euphrasie.

— Oui. Et vous, avez-vous obtenu les renseignements que vous cherchiez ?

— J'en ai eu plus que souhaité. Maintenant, mon idée est faite.

— Quelle idée ?

— Je t'en ferai part en temps et lieu. Pour le moment, hâtons-nous. Il faut nous rendre au marché à foin. La jument nous attend.

Chapitre 12

L'accident

Le chant de la cigale se faisait entendre du matin jusque très tard dans la nuit. Les canicules qui sévissaient et la pluie qui manquait mettaient les récoltes en danger. Chez les dames Bergeron, pas un jour ne se passait sans qu'Euphrasie craigne que le puits ne s'assèche. Elle ménageait l'eau comme s'il se fût agi d'un métal aussi précieux que l'or.

— Arrose pas tant les légumes! cria-t-elle à Honorine.

— Les plants de cerises de terre sont presque tous secs.

— Laisse faire! On a déjà des confitures de fraises et de framboises. On peut bien se passer de celles-là.

Honorine voulut répliquer, mais se retint.

Depuis quelques semaines, la tension montait entre les deux femmes, qui n'avaient plus une minute à elles, s'affairant à la cuisine d'été dans laquelle le poêle ronronnait toute la journée, ce qui rendait la chaleur ambiante encore plus accablante. Les fruits de saison avaient été mis en conserve et déjà les haricots, les tomates et les concombres croissaient plus vite que d'habitude.

— On va devoir faire la relish de concombres plus tôt que prévu, dit Honorine.

Elle se pencha, souleva une feuille et tâta le sol avant de vérifier si un concombre était prêt à être cueilli.

Venant de la galerie, un cri la fit se raidir.

Honorine se releva en vitesse et aperçut sa mère recroquevillée sur le sol, une main pressée sur sa cheville.

— Maman !

En quelques foulées, elle fut près d'elle.

— Ça va ?

— Mon pied… haleta la pauvre femme en grimaçant de douleur.

Honorine s'empressa de relever la lourde jupe, découvrant la cheville droite de sa mère qui enflait à vue d'œil.

— Je me suis tordu le pied. Ça fait mal sans bon sens…

Avec l'aide de sa fille, Euphrasie tenta de se remettre debout.

— Aïe, aïe, aïe !

— Assoyez-vous par terre, lui enjoignit sa fille.

Euphrasie obéit sans rouspéter.

— On va essayer autrement. Mettez votre bras autour de mon cou, suggéra Honorine.

Elle encercla la taille de sa mère d'un bras ferme et tenta de la soulever.

— Je ne suis pas capable, se désespéra Honorine.

— Je vais essayer de me lever toute seule.

Euphrasie roula un peu sur le côté, prit appui de ses deux mains sur la terre battue et tenta de s'agenouiller. Elle se retrouva à quatre pattes un moment. Une douleur fulgurante lui traversa la cheville et la pauvre ne put s'empêcher de gémir à nouveau :

— Je peux pas me relever !

Elle se laissa tomber, ventre contre terre, avant de déposer sa tête sur ses bras repliés.

— Va chercher de l'aide, ordonna-t-elle.

— Où ça ?

— Va quérir Donatien. Il va pouvoir me transporter dans la maison.

— Je ne veux pas vous laisser ainsi, s'alarma sa fille.

— Arrête de t'obstiner et va chercher Donatien !

Cette fois, Honorine obéit en vitesse. Elle se releva, souleva ses jupes et courut à en perdre haleine jusqu'à la maison des Rompré, où elle s'était rendue une seule fois depuis qu'ils s'étaient rencontrés. Elle gravit les marches deux par deux et frappa à la porte. Personne ne répondit.

— Ils sont peut-être tous aux champs, monologua-t-elle.

Elle frappa encore trois coups et attendit, puis redescendit les marches, contourna la maison, alla voir au potager si la maîtresse de maison y était. Il était vide.

Pivotant sur ses talons, Honorine balaya les lieux d'un regard affolé. Elle vit l'étable et s'y rendit au pas de course.

— Y a quelqu'un ? lança-t-elle en y entrant.

Personne…

Elle marcha vers le hangar, dont la porte était entrebâillée. Elle la poussa et y découvrit Donatien qui sursauta en la voyant.

— Il faut venir vite ! Ma mère…

Donatien laissa choir la faux qu'il était en train d'aiguiser et se leva.

— Qu'est-il arrivé ?

— Elle est tombée… Je ne peux pas la relever.

Sans plus attendre, Honorine quitta le hangar, Donatien sur les talons. Ils coururent aussi vite qu'ils le purent, presque côte à côte, comme si l'énergie de leurs vingt ans leur donnait des ailes.

Le trajet ne dura que quelques minutes, mais parut une éternité à Honorine. Quand le couple de sauveteurs aboutit enfin devant la maison des Bergeron, la pauvre Euphrasie n'avait pas bougé d'un pouce, la douleur la clouant au sol.

Donatien s'empressa de la prendre dans ses bras robustes. Honorine, qui l'avait précédé, lui ouvrait déjà la porte.

— Déposez-la ici, dit-elle en montrant la chaise berçante.

— Non, portez-moi jusqu'à mon lit, corrigea Euphrasie.

Donatien obtempéra.

— Maintenant, va chercher le docteur, dit-elle à sa fille.

— Je devrais d'abord mettre de la glace sur votre cheville… objecta Honorine.

— Avec le bruit que j'ai entendu, je vais probablement avoir besoin d'une attelle.

— Je vais y aller, moi, chercher le docteur, dit Donatien.

Il se tourna vers Honorine.

— Comme ça, vous allez pouvoir prendre soin d'elle, dit-il.

— Oui. Merci…

Le jeune homme fit aussitôt demi-tour et sortit de la chambre.

Honorine se pencha au-dessus du lit et entreprit d'enlever les chaussures et les bas de la blessée. Elle tâta délicatement la chair boursouflée.

— Aïe !

— Comment avez-vous fait votre compte ? questionna Honorine, découragée.

— J'ai marché sur une motte de terre que j'avais pas vue.

— Quel accident bête !

— Les accidents sont toujours bêtes, répliqua sa mère.

Euphrasie se renfrogna dans un silence boudeur tandis que sa fille allait chercher un morceau de glace, pris à même le bloc placé dans la glacière. Elle l'enveloppa de deux linges à vaisselle avant de l'emballer dans un tissu ciré qui empêcherait l'eau de s'échapper quand la glace fondrait, puis revint dans la chambre et appliqua la glace sur la cheville de sa mère.

— Y est fort, le jeune Donatien.

— Oui, très fort…

— Il est assez beau garçon aussi, continua Euphrasie.

— Il est pas mal…

— En tout cas, moi, si j'avais ton âge, j'hésiterais pas une minute…

— Ah ! Maman ! Cessez avec vos insinuations, s'exclama Honorine, exaspérée par l'entêtement d'Euphrasie.

— Le sermon de monsieur le curé, dimanche dernier, a pourtant été on ne peut plus clair…

— Je me rappelle très bien son sermon ! coupa Honorine.

Elle replaça la glace avant de continuer :

— Il radote toujours la même chose. En plus, on dirait qu'il fait exprès quand il nous voit toutes les deux sur notre banc.

— On est les seules veuves de la paroisse, précisa sa mère.

— Qu'est-ce que ça peut bien faire ?

— Ça jase au village...

Honorine leva les yeux au ciel et soupira :

— Ça ne changera donc jamais...

— C'est comme ça, dans une petite paroisse comme la nôtre. Tout le monde sait tout sur tout le monde.

— Et se mêle de ce qui ne le regarde pas, conclut Honorine.

Un silence lourd s'immisça entre les deux compagnes.

— Il a peut-être raison, après tout. Il serait bon que tu te trouves un mari.

Euphrasie poussa un second soupir avant de tourner son visage vers la fenêtre.

— Peut-être que moi aussi, je devrais me remarier.

Cette fois, Honorine se leva d'un bond.

— Comment pouvez-vous affirmer une chose pareille alors que, quand je suis arrivée ici, vous clamiez le contraire ?

Euphrasie rouvrit les yeux et fixa sa fille d'un regard éploré.

— J'en ai assez de travailler sans arrêt, de m'éreinter à ramasser le bois, à nourrir les animaux, à travailler aux champs, à cultiver le potager, sans compter le ménage, les conserves, le lavage, le repassage et les repas qu'il faut préparer trois fois par jour, trois cent soixante-cinq jours par année. J'ai envie de liberté, d'une vraie liberté, comme celle de ma cousine Marianne. La terre, c'est une affaire d'hommes. Pas de femmes. Si on veut rester ici, ça va prendre un homme pour les travaux de la ferme. Sinon, on y arrivera jamais, toi et moi…

Elle planta ses prunelles dans celles de sa fille qui lui faisait toujours face.

— Ça nous prend un homme…

La mère et la fille se dévisagèrent ainsi un long moment sans dire un mot.

— Vais-je devoir abandonner ma liberté pour garder la terre ? demanda Honorine.

— Si tu le fais pas, je serai dans l'obligation de le faire.

— Je ne souffrirai pas de vivre avec un beau-père ni de vous voir vous soumettre à la tutelle d'un homme que vous n'aimerez pas.

— Dans ce cas, je vais devoir vendre.

— Pour aller où ? De quoi vivrons-nous ?

— Je trouverai bien quelque chose dans une maison privée…

— Devenir servante ? À votre âge ? Il n'en est pas question, maman !

Cette fois, la réalité se présentait aux femmes Bergeron dans toute sa cruauté. La loi des hommes était implacable.

Honorine baissa la tête, désemparée encore une fois. Son rêve de demeurer célibataire et d'accomplir sa destinée en toute liberté venait de s'effondrer d'un seul coup. Il fallait bien se l'avouer, les femmes n'avaient d'autorité que dans les tâches que les hommes voulaient bien leur accorder. Ni plus, ni moins…

Deux coups frappés à la porte leur signifiant que Donatien était revenu, Honorine laissa sa mère et alla répondre.

— J'ai fait aussi vite que j'ai pu, mademoiselle Honorine.

Donatien fit place au médecin qui, sur les indications d'Honorine, marcha vers la chambre d'Euphrasie.

— Je vous rejoins, dit-elle à l'adresse du nouveau venu.

Elle se tourna vers Donatien, qui attendait toujours.

— Merci beaucoup ! Je ne sais pas ce que nous aurions fait sans vous, lui dit-elle.

— C'est rien. Entre voisins, faut bien s'entraider.

Il fit mine de partir quand, d'une main posée sur son avant-bras, elle retint son élan.

— Que diriez-vous de venir prendre le thé, demain soir ? En guise de remerciement.

Le jeune homme contempla le visage de celle qui le fixait d'un regard gêné.

— Oui… Ça me dirait…

— Alors à demain. Vers sept heures ? Les soirées sont encore longues. On pourra veiller sur la galerie.

— Oui. À sept heures.

Donatien prit congé et Honorine, le cœur lourd, referma lentement la porte.

Chapitre 13

L'attente

L'été tirait à sa fin. Septembre, avec ses moissons, gardait les fermiers occupés et encourageait les citadins à profiter au maximum des dernières belles journées ensoleillées. L'automne, avec ses pluies abondantes et ses températures plus fraîches, verrait tôt ou tard les champs et les rues redevenir déserts.

Dans la chambrette qu'on lui avait assignée depuis son arrivée au monastère, John rongeait son frein. Depuis cinq mois maintenant, ses journées d'isolement s'enchaînaient, les unes après les autres, sans que rien ni personne ne vienne perturber l'horaire qu'on lui imposait. Après les matines, auxquelles il aurait aimé assister, un déjeuner lui était servi dans sa chambre, comme tous les autres repas. À n'en point douter, seulement quelques moines étaient au courant de sa présence dans leur enceinte.

Le père Jérôme, qui s'occupait de lui, veillait à ce qu'il ne manque de rien et que ses courtes sorties dans le jardin clos du monastère soient faites dans la plus grande discrétion, le soir, alors que l'obscurité envahissait tout.

John lui avait demandé de lui procurer tous les journaux qu'il pouvait trouver afin de se tenir au courant des recherches le concernant. Ainsi, l'Américain lisait tout, avide de sortir de cette solitude qui le sclérosait de plus en plus.

C'est ainsi qu'il avait découvert le projet de Confédération canadienne visant à protéger le pays d'une invasion américaine. Lors des réunions tenues à l'auberge de sa mère, John avait entendu parler de la Destinée manifeste, cette idéologie préconisant le droit presque divin des États-Unis d'étendre leur territoire à toute l'Amérique du Nord. Plusieurs citoyens, quelles que soient leurs allégeances politiques, exhortaient les politiciens à en prendre le contrôle. Abraham Lincoln lui-même adhérait à cette façon de penser, mais avait reporté sa mise en pratique à une période ultérieure, le temps que la guerre de Sécession se termine.

Depuis 1812, les armées américaines avaient tenté de forcer sans succès les frontières du Haut et du Bas-Canada, du Nouveau-Brunswick et de la Nouvelle-Écosse. Ne formant pas une nation unique, ces provinces demeuraient vulnérables à une agression de leurs voisins du Sud, convaincus que ces régions pouvaient facilement être intégrées aux autres États fédérés et devenir les nouveaux États du Nord.

Un grattement contre la porte de la chambre lui fit lever le front. Il jeta un coup d'œil à sa montre de poche déposée sur la table de chevet. Onze heures quarante minutes…

Incertain, John resta muet un moment quand on frappa à nouveau.

— Qui est là ?

— C'est moi, le père Jérôme.

John se leva et alla ouvrir. Son ami et conseiller se tenait devant lui, les mains enfouies dans les larges manches de sa bure.

— J'ai de nouvelles informations pour vous, annonça-t-il en pénétrant dans la chambrette.

John referma la porte, non sans avoir auparavant jeté un coup d'œil dans le couloir désert. Il se tourna vers son visiteur et attendit.

— Notre supérieur m'a chargé de vous dire que des enquêteurs lui ont rendu visite hier soir. Ils lui ont demandé si le monastère hébergeait en ce moment des demandeurs d'asile.

— Qu'a-t-il répondu ? s'inquiéta John.

Il savait fort bien que celui-ci, en bon catholique, ne pouvait mentir. C'était péché.

— Qu'a-t-il dit ? répéta-t-il en haussant le ton.

— La vérité.

La réponse tomba comme un couperet, confirmant ses craintes et anéantissant ses espoirs.

— Ils savent donc que je suis ici… souffla-t-il.

Il passa une main nerveuse sur son front sur lequel des gouttes de sueur perlaient.

— Le supérieur n'a pas mentionné votre nom, bien que les enquêteurs le lui aient demandé à plusieurs reprises. Il n'a pas failli à la promesse de vous garantir la sécurité.

— Je ne suis plus en sûreté ici, désormais.

— Ils n'ont pas le pouvoir de vous sortir de force de ces murs.

John se redressa, comme si une mouche l'avait piqué.

— Vous ne les connaissez pas, père Jérôme. Ils ont tous les pouvoirs, tous les droits. Ils sont les maîtres…

John faisait maintenant les cent pas devant le moine qui tentait de le calmer.

— Le supérieur les a priés de ne plus remettre les pieds dans l'enceinte du monastère. C'est une règle d'honneur…

— D'honneur ? Je ne sais même pas s'ils connaissent la signification de ce mot, cracha John.

Le désespoir qui l'habitait était aussi profond que lorsqu'il était descendu en catimini du train à Saint-

Alban. Il était piégé comme jamais il ne l'avait été auparavant. Cloîtré entre ces murs, il se sentait encore plus vulnérable que sur les grands chemins.

— Je dois partir… commença-t-il.

— Pour aller où ?

— Loin… Dans la forêt… Plus au nord… Ou mieux encore, en France, en Italie, en Grèce…

— Tous les ports et les gares du monde ont reçu les informations vous concernant, et la prime de vingt-cinq mille dollars promise à celui ou celle qui vous dénoncera avivera les ardeurs des délateurs.

— Où, alors ?

— Je connais quelqu'un qui pourrait vous héberger. En attendant de trouver mieux…

La cloche, témoin de la liturgie des Heures, sonna.

— Je dois vous quitter. Il est temps d'aller chanter l'Angélus avec mes confrères.

Le père Jérôme marcha vers la porte et fit sauter le loquet.

— Notre supérieur doit aussi protéger la communauté monastique, se défendit-il.

— Je comprends, père Jérôme. Je comprends…

— Vous êtes encore en sécurité ici, mon fils, du moins pour un temps. Notre supérieur vous fera savoir quand vous devrez quitter le monastère.

Le moine ouvrit la porte, hésita un instant sur le seuil.

— Dieu est votre berger. Si vous vous placez entre ses mains, il ne vous arrivera rien.

Sur ces paroles encourageantes, le moine quitta la cellule.

John marcha jusqu'à la petite lucarne, unique ouverture sur le monde. Au loin se dessinait l'étendue bleutée du lac des Deux Montagnes. Dans le ciel, des nuages s'amoncelaient en masse duveteuse et blanche, traçant des figures éthérées. La pureté, le vaporeux, la finesse immatérielle de ces images lui inspira une simple prière :

— Mon Dieu, redonnez-moi la liberté…

Pourchassé jusque dans son âme, après tous ces mois de réclusion, John sentit germer en lui le fulgurant désir de faire face au mauvais sort qui s'acharnait sur lui. Il se devait d'affronter les périls que le destin placerait inévitablement sur sa route. Ouvrir son esprit à l'aventure qui précéderait dorénavant sa vie de fugitif. Vivre… Pleinement. Même si cela impliquait que la mort puisse être la compagne de chaque instant.

— Si je reste enfermé, je mourrai, soliloqua-t-il.

Son regard se perdit dans l'infini du paysage. Il admira les bateaux, leurs sillages blancs, leurs voiles offertes au vent, imagina les cris de la vigie perchée sur la hune, les ordres du capitaine aux matelots couverts de sueur. Il ferma les yeux un instant et respira profondément, comme s'il avait été, lui aussi, sur le pont d'un navire prêt à prendre le large.

Son cœur se remplit alors d'espérance et John sut que la police militaire ne mettrait pas la main sur lui avant qu'il n'ait vogué sur les mers et foulé le sol des vieux pays.

Il en avait désormais la certitude.

Chapitre 14

La promesse

À la ferme des Bergeron, Honorine, assise à table, découpait avec minutie la chair ferme et blanche des pommes de terre récoltées un mois plus tôt dans le potager derrière la demeure familiale.

Depuis la fin des moissons, la jeune femme n'avait pas eu une minute de repos entre les conserves à terminer, le foin à engranger, le blé, l'orge et le sarrasin à faire moudre en farine. L'entorse d'Euphrasie lui avait laissé une cheville fragile et il lui était de plus en plus difficile de marcher. La douleur demeurait constante, surtout quand le temps devenait froid et humide. Honorine avait donc pris, à elle seule, soin des animaux et de la traite des vaches, tandis que sa mère s'affairait à grand peine à la cuisine et aux autres travaux ménagers.

Il y avait eu aussi la cueillette des pommes qu'elle avait placées dans le caveau, non loin du hangar, où elle avait aussi remisé la majeure partie des carottes, courges, choux, navets et tous ces légumes qui se conserveraient tant et aussi longtemps que l'obscurité et la fraîcheur de la terre les préserveraient de la chaleur ou du gel. Aidée de Donatien, Honorine avait appris comment tuer un poulet, mais il lui était toujours intolérable de penser faire boucherie avec l'unique cochon que les femmes Bergeron possédaient encore. Dernièrement, elle avait été dans l'obligation de vendre une des vaches qui ne donnait plus assez de lait. Le boucher du village lui avait fait un bon prix, tout en lui promettant de lui garder quelques livres de viande hachée, tirée à même la bête.

La jeune femme terminait de couper les pommes de terre quand on frappa à la porte.

— Entrez ! lança Honorine.

Donatien entra.

— Ah ! C'est toi !

— Je reviens de chez le notaire. J'ai pensé faire un petit détour avant de retourner chez moi.

— C'est une très bonne idée, dit simplement Honorine.

Elle prit le bol rempli de pommes de terre, marcha jusqu'au poêle, souleva le couvercle du chaudron et les y jeta. Sous l'impact, des gouttelettes d'eau en jaillirent et atterrirent sur la fonte brûlante dans un bruit pareil à un chuchotement d'esprits malins.

— Assieds-toi ! l'invita-t-elle.

Donatien obéit promptement, tandis qu'Honorine déposait le bol vide sur le comptoir. Elle souleva un pan de son tablier et s'y essuya les mains en revenant vers lui.

— As-tu soif?

— Je prendrais bien un verre d'eau.

Honorine s'exécuta et revint prendre place devant celui qu'elle fréquentait maintenant depuis plus de deux mois.

Donatien s'avérait être un excellent compagnon. Fidèle, il participait à toutes les corvées, ne se plaignant jamais de la chaleur ou de la pluie, sachant se conformer aux diktats de cette nature qui rythmait, depuis toujours, son travail quotidien. Honorine le savait épris d'elle, sans toutefois l'encourager dans l'idée qu'elle voulait que ces fréquentations deviennent plus sérieuses.

Combien de fois n'avait-elle pas reçu la bénédiction de sa mère, mais aussi du curé Boucher, qui avait profité de les voir assister à la messe du dimanche pour les saluer et leur faire comprendre qu'il était peut-être sage de penser au mariage?

« Les longues fréquentations ne sont pas de mise à votre âge. Surtout pour vous, Honorine, qui avez connu l'homme », leur avait-il dit.

Honorine avait failli pouffer de rire devant la mine scandalisée du prêtre qui roulait des yeux ronds.

Donatien n'avait pas bronché devant le curé. Ce n'était pas le moment de montrer sa désapprobation à celui qui, il ne le savait que trop, pouvait, en quelques mots prononcés en chaire, détruire la réputation de quelqu'un. Bien qu'il ne fût pas un fervent pratiquant, il appliquait les commandements de Dieu à la lettre. Il était un homme discret et partout dans la paroisse, les gens savaient peu de choses sur Donatien Rompré.

Depuis le début de ses fréquentations avec la voisine, Imelda avait remarqué la lumière dans les yeux de son fils quand il parlait des « deux veuves Bergeron », comme il se plaisait à les nommer. Elle ne l'avait jamais vu aussi enthousiaste. Elle l'avait même entendu siffloter plusieurs fois lorsqu'elle le croisait dans l'étable ou près du hangar où il s'occupait à réparer les instruments aratoires ou à prendre soin des animaux. Elle comprenait que son fils était amoureux et espérait de tout son cœur que ce bonheur se traduirait par une noce prochaine et la naissance d'un descendant. Elle priait tous les jours la Vierge Marie pour que la jeune Honorine accepte de l'épouser. Car, elle ne le savait que trop, son fils était prêt pour le mariage.

— Merci, dit Donatien.

Il vida le verre d'un trait et le déposa sur la table devant lui.

— Tu es allé chez le notaire, dis-tu ? interrogea Honorine.

— Oui, des papiers à signer.

— Pour la ferme ?

— Oui.

— Elle est à toi, maintenant ?

— Oui, maintenant que je suis majeur.

— Et ta mère, elle va rester avec toi ?

— Elle a pas encore pris sa décision. Ça va dépendre…

Donatien hésita un moment. Il baissa les yeux sur ses doigts qui tambourinaient nerveusement sur la table.

Honorine remarqua son malaise, mais ne dit mot. Elle savait trop bien ce qui torturait ainsi celui qui l'avait épaulée tout au long de ce premier été, qui avait été de bon conseil quand elle devait décider des soins à donner à un animal malade ou des matériaux à acheter pour une toiture à réparer. Sans lui, la tâche aurait été insurmontable, et les veuves Bergeron auraient été dans l'obligation de vendre.

Malgré sa sollicitude ou son empressement, Donatien n'avait pas réussi à éveiller en Honorine la ferveur de l'amour, contrairement à William, qui avait su le faire dès les premiers instants. La jeune femme n'éprouvait que de l'amitié pour celui qu'elle considérait davantage comme un bon compagnon. L'amour,

Honorine n'y croyait plus. Pas encore, du moins… Tant et aussi longtemps que la peine causée par la perte de William demeurerait aussi vive.

— Ça va dépendre si je me marie ou non, compléta-t-il enfin.

Cette fois, Donatien releva le front et fixa Honorine, qui se taisait toujours.

— Veux-tu m'épouser, Honorine ? lança-t-il sans ambages.

Cette question, la jeune veuve s'attendait à devoir y répondre, tôt ou tard.

Elle se rappela les paroles de sa mère, quelques semaines auparavant :

— Donatien est un bon parti. S'il te demande en mariage, hésite pas une minute.

— Je ne veux pas me marier. Pas tout de suite.

— Il faudra bien que tu le fasses un jour ou l'autre. Tu pourras pas rester seule indéfiniment.

— Je suis avec vous.

— Je resterai pas à moisir ici, je te l'ai dit. Je veux aller vivre en ville, comme ma cousine Marianne.

— Je pourrais rester ici, à la ferme ?

— Tu pourras pas tout faire toute seule. T'auras besoin d'aide, avait insisté sa mère.

— J'engagerai un ouvrier…

— Avec quel argent le payeras-tu ? On arrive à peine à vivre décemment. Et si, une année, les récoltes sont moins bonnes, qu'est-ce que tu vas faire ?

— Pourquoi voyez-vous toujours tout en noir, maman ?

— Parce que la réalité, c'est que nous, les femmes, sans les hommes, nous ne sommes rien.

Honorine l'avait fixée, surprise.

— Ce n'est pas ce que vous disiez cet été quand on est allées à Saint-Hyacinthe.

— J'ai changé d'idée quand je me suis retrouvée clouée dans mon lit avec mon entorse. J'ai bien vu que, quand tout va bien, on peut se faire croire qu'on a besoin de personne pour mener notre vie comme bon nous semble. Mais la réalité est tout autre. Nous sommes soumises aux caprices de la vie et ça, on peut rien y changer.

Elle avait fait une pause, avait écrasé une larme au coin de son œil.

— Ce sont des belles chimères qu'on se faisait, ma fille. Des rêves fous…

Honorine avait respecté la peine de celle qui voyait s'effondrer ses aspirations de femme libre comme un château de cartes soufflé par un courant d'air.

— T'es trop jeune pour te dévouer à ta vieille mère et entretenir une ferme qui creusera des rides sur ton front et te remplira le cœur d'amertume et d'ennui.

Tes mains sont pas faites pour tenir une hache ou une faucille, ni tes bras pour porter les fagots de bois. Ils sont faits pour bercer des enfants et chérir un homme.

Ces paroles pleines de sagesse avaient remué Honorine, car elles ressuscitaient les rêves qu'elle avait enfouis au plus profond de sa mémoire depuis la mort de William.

Honorine avait compris qu'elle avait besoin d'aimer et d'être aimée.

Toutefois, elle ne se sentait pas encore prête à laisser entrer Donatien dans sa vie. Il était trop tôt.

— Je… Je t'aime bien, Donatien… mais…

— Je te demande pas de me répondre tout de suite. Prends le temps d'y penser. Je comprends que je suis peut-être pas comme ton défunt mari…

— Je ne te compare pas à lui, coupa-t-elle.

— N'empêche… Tu l'as aimé. Ça s'oublie pas facilement, ça.

— Non, ça ne s'oublie pas, concéda-t-elle.

Donatien se leva.

— Promets-moi que tu vas y penser sérieusement, dit-il.

— Je te le promets.

Donatien se dirigea vers la porte, Honorine sur les talons.

— Est-ce que je peux te demander une faveur ? dit-il encore.

La jeune femme baissa un instant les yeux pour échapper aux prunelles de feu que Donatien posait sur elle.

— Oui… répondit-elle enfin.

— Est-ce que je peux t'embrasser ?

Honorine posa un regard attendri sur ce grand garçon de quelques mois son cadet et sourit.

Depuis le jour où elle l'avait invité à venir la visiter à la maison, il n'avait jamais osé lui voler un baiser, se contentant de lui prendre la main. Honorine lui en était reconnaissante et les longues conversations qu'ils avaient sur le temps qu'il faisait, les travaux de la ferme à effectuer, les récoltes à engranger et les prochains semis à faire les liaient d'une amitié sincère. Ils ne discutaient jamais de politique, de religion ou du conflit américain qui perdurait au-delà de la frontière, comme elle le faisait avec son défunt mari. Avec Donatien, tout était simple, ancré dans le quotidien, comme s'il vivait dans un monde bien à lui, à part de tous les maux de la terre.

Ce matin, cependant, Honorine remarqua que l'homme qui se tenait devant elle droit comme un chêne affichait un air sérieux. Inhabituel… Une maturité certaine animait son regard et Honorine imaginait que le désir qui l'habitait n'avait rien d'innocent.

Elle songea que ce baiser serait une forme de récompense pour tout le travail qu'il avait effectué pendant ces longs mois d'été et elle ferma les yeux, offrant à Donatien sa douce capitulation.

Une onde de désir souleva le jeune fermier et c'est maladroitement qu'il posa ses lèvres sur la bouche vermeille de celle qui faisait vibrer toutes les fibres de son corps assoiffé d'amour. S'enhardissant, il prit le visage de la belle dans ses mains que les travaux de la ferme avaient rendues calleuses. Il fit un pas. Son corps se rapprocha de celui d'Honorine qui, contre toute attente, s'abreuva à ce baiser comme à une fontaine d'eau fraîche. Cela faisait si longtemps qu'elle ne s'était pas abandonnée ainsi…

Quand les lèvres de Donatien se détachèrent des siennes, un courant froid passa entre eux.

— Je reviendrai te voir demain, dit le jeune homme.

— Oui. À demain, répéta Honorine.

Donatien quitta la maison à regret. Sur la galerie, il se retourna deux fois, imprégnant dans son cerveau l'image de celle dont il avait du mal à se séparer.

— À demain, répéta-t-il.

Puis il se mit à courir pour ne pas succomber à la tentation de rebrousser chemin pour s'abreuver une seconde fois à cette bouche merveilleuse.

Dans la cuisine, Honorine ne bougea pas, portant seulement deux doigts à ses lèvres humides. Elle sourit, rassurée de ne pas avoir été déçue par ce premier baiser.

« Peut-être sauras-tu l'aimer ? », susurra une petite voix au fond de son cœur attendri.

— Peut-être… murmura-t-elle à son tour.

Chapitre 15

La fuite

En ce samedi pluvieux, les routes étaient sombres et boueuses. Les jours d'averses qui s'étaient succédé avec une inébranlable ténacité avaient laissé la place à un gel précoce. Les jours raccourcissaient, avivant la hâte de John de quitter ce pays au plus vite.

Caché sous une bâche au fond de la charrette, le fugitif, de nouveau en cavale, encaissait sans broncher les contre-chocs du chemin cahoteux contre son dos déjà endolori. Le trajet semblait durer une éternité depuis qu'il avait pris place à bord de cette voiture qu'un inconnu conduisait.

En compagnie d'un dénommé Joseph F. Du Tilly, un homme de confiance du curé de Saint-Liboire où il devait se rendre, John avait quitté l'abbaye vers la fin de l'après-midi, alors que le soleil était couché et que l'obscurité envahissait les jardins et masquait les murs de pierre pâle du refuge qui avait abrité à la fois sa peine, son ennui et ses espoirs.

Il avait pris place à bord d'une première charrette, où il s'était dissimulé sous de gros rouleaux de toile et des filets de pêche entremêlés. Plusieurs minutes s'étaient écoulées avant que la voiture ne s'arrête au bord du Saint-Laurent, où une chaloupe l'attendait. Le propriétaire de la barque lui avait d'abord conseillé de se tapir au fond de l'embarcation, où stagnait une eau croupie.

— Le temps de quitter les berges, avait précisé Du Tilly.

Une fois au large, l'homme lui avait signifié qu'il pouvait sortir de sa cachette.

John avait obtempéré, trop content de pouvoir se soustraire à l'odeur infecte des planches vermoulues.

À mesure que la barque progressait sur l'immense cours d'eau, poussée par le courant qui s'était intensifié, des glaces flottantes la frôlaient, obligeant le chaloupier à dévier parfois de sa route.

John ne disait mot, se tenant droit et raide dans ses vêtements mouillés, cherchant à conserver son calme. Tout autour, l'étendue indomptable sur laquelle il voguait l'avait effrayé au plus haut point. Il avait froid. Il avait peur…

« Tu ne t'es pas sauvé pour mourir noyé », cherchait pourtant à le rassurer la petite voix au fond de lui.

John avait prié avec ferveur, exhortant Dieu, encore une fois, de lui venir en aide.

Son compagnon trimait dur et John n'avait pas cru bon de l'importuner avec les questions qui se bousculaient dans sa tête. Où allait-il ? Qui était ce curé Charles Boucher censé le protéger dans Saint-Liboire, cette nouvelle paroisse éloignée ? Y rencontrerait-il des ennemis ? Des amis ? Cette dernière possibilité lui avait arraché un demi-sourire.

« Je ne pourrai jamais plus avoir d'ami… », avait songé le fugitif.

Il avait mis la main au fond de la poche de son manteau pour s'assurer que la lettre du supérieur du monastère s'y trouvait toujours. Le papier s'était froissé au contact de ses doigts que le froid avait rendus gourds.

La charrette s'arrêta dans un grincement de métal.

— On est arrivés ! lança Du Tilly sans quitter son siège.

John s'empressa de sortir de l'amas de toiles cirées. Il mit pied sur le sol devant une maisonnette de bois sur le perron de laquelle un homme d'Église en soutane l'attendait.

— Venez ! Vite ! l'invita-t-il à grands moulinets de son bras droit.

John se hâta vers son nouvel hôte au moment où le conducteur de la charrette fouettait son cheval.

John se tourna vers l'homme, mais celui-ci, pressé, ne le salua pas.

— Entrez ! Il fait un froid de canard, ce soir, dit le curé en le précédant à l'intérieur de la maison.

John le suivit et referma la porte derrière lui.

— Bonsoir, je m'appelle Charles Boucher, commença le prêtre dans un anglais hésitant. Vous êtes Carl Armstrong, à ce qu'on m'a dit ?

— Oui, répondit John.

Sur le conseil du père Jérôme, John avait changé son nom.

— Je vais vous montrer où vous allez demeurer.

John savait que le prêtre qui l'hébergeait n'avait pas été mis au courant de son identité. On lui avait raconté que son protégé était un soldat américain qui, comme plusieurs autres, avait quitté les États-Unis pour fuir à la guerre et qu'il devait se cacher de la police militaire. Ce qui était à moitié vrai…

Le prêtre l'entraîna vers le mur du fond de la cuisine où se dressait un poêle ronronnant. Il poussa une cloison de bois située à droite de celui-ci, découvrant une porte camouflée dans le lambris du mur.

— C'est petit, mais au moins, vous serez au chaud et surtout, à l'abri des regards.

John se faufila par l'ouverture étroite et aboutit dans une annexe à la maison qui avait dû servir d'appentis autrefois. Dans le coin gauche, on avait installé une couchette de métal recouverte d'une paillasse. Tout près, un chiffonnier surmonté d'un étendoir sur lequel avaient été placées une serviette et une débarbouillette propres voisinait une table flanquée d'une seule chaise un peu bancale. Sur le mur, un miroir surmontait une petite tablette où avaient été posés un rasoir et un blaireau, dont il ne se servirait pas puisqu'il avait décidé de laisser pousser sa barbe afin de camoufler ses traits. Sur la table, John remarqua une chandelle, fichée dans un bougeoir. Près de celui-ci, une boîte d'allumettes côtoyait un missel.

— Pour vos lectures, nota le prêtre.

John le remercia en silence d'un discret signe de la tête. Il mit son sac de voyage au pied du lit et enleva son chapeau et son manteau qu'il déposa sur le montant de fer. Son regard s'accrocha un moment au pot de chambre placé sous le lit. John chercha des yeux une porte ou une fenêtre par laquelle il pourrait le vider, mais n'en vit aucune.

Comprenant son interrogation, le curé Boucher s'empressa de préciser :

— Vous n'aurez qu'à le mettre près du mur, là-bas.

De son bras tendu, il lui désignait un recoin près de la cloison amovible donnant sur le cagibi.

— Vous devez avoir faim.

Ce disant, le curé retraita vers la table de la cuisine et revint avec un plateau contenant une assiette remplie d'une soupe aux pois, accompagnée d'un quignon de pain et d'un morceau de lard.

— C'est tout ce qu'il me reste pour le moment, s'excusa-t-il.

— C'est parfait, dit John.

Le curé Boucher hésita.

— On m'a dit que vous aviez quitté les États-Unis à cause d'une situation compromettante pendant la guerre de Sécession, monsieur Armstrong… Est-ce bien cela ?

— Surtout à cause de ma santé. Je dois me reposer… précisa John qui n'avait pas envie de se prêter à un interrogatoire.

Le prêtre n'avait pas insisté, mais avait froncé les sourcils, se questionnant sur la nature exacte de sa mission.

— Je ferai en sorte que vous ne manquiez de rien, malgré la réclusion que vous devrez subir, monsieur Armstrong. Préférez-vous que je vous appelle par votre prénom ?

— Oui… Carl, répondit John.

Voulant mettre un terme le plus rapidement possible à cet entretien, John s'empara du plateau tendu et remercia le prêtre, qui referma la cloison derrière lui. John ouvrit la boîte d'allumettes, en gratta une contre le mur et alluma la bougie. La lueur vacillante de la flamme illumina soudain un recoin de la chambrette, faisant fuir les ténèbres qui l'étouffaient.

John prit place devant la soupe et s'en délecta jusqu'à la dernière goutte. Il fit de même avec la tranche de pain de ménage sur lequel il posa de gros morceaux de lard bien gras. Son repas terminé, il s'adossa à la chaise et soupira. Il prit le missel et l'ouvrit au hasard. Il tenta de lire, mais les mots dansèrent devant ses yeux brillants de larmes. John referma le livre et le fixa un moment.

Épuisé par son périple, le fugitif enleva ses chaussures avant de s'étendre sur la couchette. Il appuya sa tête sur son bras replié et ferma les yeux.

« Te voilà à nouveau captif », le nargua la voix.

John voulut la faire taire d'un juron, mais la présence du prêtre tout près l'en dissuada. Il se releva, se déshabilla, ne conservant que sa combinaison de coton, plaça ses vêtements sur le dossier de la chaise, souffla la bougie et retourna se coucher sous les draps qui sentaient bon la lessive. Il eut une pensée pour ses compagnons d'infortune qui devaient, comme lui, se terrer quelque part, à l'abri des délateurs et de la police militaire, et il se trouva chanceux d'avoir pu mettre une bonne distance entre lui et les États-Unis.

Il songea à sa mère Mary d'abord, puis à David Herold, à Lewis Powell et à George Atzerodt qui avaient payé de leur vie la folie d'un seul homme.

L'avenir qui l'attendait ne lui semblait pas plus rose qu'aux premiers jours de sa fuite, certes, mais ce soir, dans cette maisonnette, il pouvait encore espérer se sortir de l'impasse dans laquelle il se trouvait.

« Un jour à la fois… », s'encouragea-t-il.

Chapitre 16

L'inconnu

— Vous réciterez deux *Notre Père* et cinq *Je vous salue Marie*, dit d'abord le curé.

Il replaça l'étole violette qu'il portait au cou, comme il était coutume de le faire pendant l'avent et le carême.

— Et je vous demande de revenir vous confesser entre Noël et le jour de l'An, ajouta-t-il.

Honorine demeura interloquée par cette requête.

— Pourquoi, monsieur le curé ?

— Les fiançailles avec le jeune Rompré sont-elles officielles ? interrogea-t-il.

— Je dois donner ma réponse pendant le réveillon, répondit Honorine.

Le curé Boucher se gratta la joue droite.

— J'ai su qu'il vous rendait très souvent visite.

— Il vient pour travailler à la ferme. Vous savez bien que ma mère et moi ne pouvons pas faire les gros travaux, se justifia-t-elle.

— Certains m'ont dit l'avoir vu revenir de chez vous très tard le soir.

Honorine pinça les lèvres de dépit.

— Les commérages vont bon train, à ce que je comprends…

— Les commérages, comme vous dites, sont mes yeux et mes oreilles dans ce village. Je ne peux pas être partout à la fois. Vous savez que je dessers plusieurs paroisses. Il est donc primordial que certaines personnes surveillent mes ouailles pendant que je m'absente.

— Ces personnes ne savent pas ce qui se passe dans les maisons, monsieur le curé. Elles imaginent plus qu'elles voient, sans chercher plus loin la vérité, se défendit encore Honorine.

— Voilà tout le mystère, madame Bergeron. Que fait Donatien Rompré, le soir, en compagnie d'une jeune veuve comme vous ?

— Je vous ferai remarquer que nous ne sommes jamais seuls. Ma mère nous chaperonne, s'obstina Honorine.

La colère colorait ses joues et, si elle en avait eu le courage, elle aurait immédiatement quitté le confessionnal pour ne plus jamais y remettre les pieds. La peur de l'excommunication, qui lui enlèverait le droit d'assister à la messe, de recevoir les divers sacrements et, pis encore, d'obtenir une sépulture au cimetière, la fit se résigner au silence.

— Votre mère a une bien mauvaise influence sur vous, je le crains, continua le prêtre.

— Ma mère est une bonne catholique, pratiquante, et elle suit les commandements de Dieu, comme Donatien et moi d'ailleurs.

— Il ne faut pas tenter le diable. Il est partout. Il s'accroche à la moindre défaillance, à la moindre faiblesse. La chair est faible. Surtout chez les jeunes gens de votre âge…

— Il n'y a pas d'âge pour être faible. Même vous, monsieur le curé, n'avez-vous point de faiblesse ?

Cette fois, le prêtre se sentit piqué au vif.

— Ne soyez pas insolente, Honorine Bergeron ! On ne s'adresse pas ainsi au représentant de Dieu.

La jeune veuve afficha un air contrit et baissa la tête. Le curé Boucher la fusillait toujours du regard.

— Je veux vous revoir en confession dans trois jours, à la même heure, ordonna-t-il.

— Mais… vous aviez dit entre Noël et…

Le curé la fit taire d'un geste de la main et la bénit, mettant ainsi fin à cette discussion. Honorine se signa par convention.

— Allez en paix, ma fille, termina-t-il.

La jeune veuve quitta le confessionnal la rage au cœur, négligeant volontairement d'aller s'agenouiller sur un prie-Dieu pour effectuer les prières pénitentielles. Elle marcha vers la sortie, sans tremper ses doigts dans le bénitier ni se retourner pour faire la génuflexion habituelle, et quitta la chapelle d'un pas pressé.

Dehors, des flocons valsaient dans l'air glacial, s'agrippant aux branches des sapins, des cèdres et des bosquets de genévriers qui s'étalaient tout autour. Honorine descendit les trois marches qu'une fine couche de glace avait rendues glissantes. Elle enfonça son chapeau de laine, rajusta le col de son manteau, glissa ses mains dans son manchon de fourrure de castor, cadeau de sa mère pour son dix-huitième anniversaire, et marcha sur le sentier que les pas des fervents avaient creusé dans la neige.

Le vent se leva soudain, faisant tourbillonner les flocons duveteux autour d'elle. Une bourrasque souleva la dernière neige cristalline, tombée la veille, et la jeune femme dut placer son manchon devant ses yeux pour se protéger. Ce faisant, elle perdit l'équilibre et se retrouva sur son séant au beau milieu du sentier.

Honorine maugréa entre ses dents et tenta de se relever. Elle posa ses mains nues sur le sol, s'admonestant de ne pas avoir pris la peine d'enfiler ses gants au sortir de l'église, se plaça à quatre pattes et se redressa enfin. Essoufflée, elle se redressa et jeta un regard sur les environs à la recherche de quelque témoin de sa mésaventure quand elle aperçut un homme qui se tenait près du mur arrière de la chapelle. Il portait un long manteau gris-bleu. Un chapeau de la même couleur couvrait sa tête. De longs cheveux châtains tombaient sur ses épaules. Une barbe masquait la moitié de son visage.

L'inconnu ne bougeait pas et Honorine fut soulagée de comprendre qu'il ne l'avait peut-être pas vue chuter.

« Orgueilleuse », la nargua la petite voix.

Honorine secoua le bas de son manteau auquel s'accrochait une plaque de neige, enleva d'un geste de la main celle sur sa manche droite, remit ses mains gelées dans le manchon et reporta son attention vers celui qui s'appuyait contre le mur de la chapelle. Il lui souriait.

— Un autre quêteux qui traîne sa misère dans le village, soliloqua Honorine.

La jeune femme reprit sa route sans plus tarder, bien décidée cette fois à concentrer son attention sur ses pas.

De son poste d'observation, John Surratt avait tout vu.

Ce matin-là, n'en pouvant plus de demeurer cloîtré dans le cagibi de la maison où le curé Boucher l'avait accueilli depuis bientôt deux semaines, il avait pris le risque de mettre le nez dehors. La vue de la neige l'avait ravi. Il en avait profité pour se promener à l'orée d'un boisé où il s'était repu d'air frais et de lumière. Le vent du nord l'avait certes fait frissonner, mais il s'était activé, marchant entre les arbres centenaires qui lui avaient procuré, pendant quelques minutes, une certaine forme de protection à la fois contre les regards indiscrets, mais aussi contre le vent et la neige. Il n'avait rencontré personne et, enhardi, il avait décidé de s'aventurer jusqu'à la chapelle où il voulait se recueillir.

Il s'apprêtait à entrer dans le sanctuaire quand Honorine en était sortie. John avait vite retraité vers l'arrière du bâtiment, cherchant à se dissimuler aux yeux de la jeune femme. Il avait été témoin de sa chute, de sa difficulté à se relever, avait même souri en voyant ses mouvements désarticulés quand ses bras avaient mouliné dans les airs alors qu'elle s'affalait lourdement sur le sol, ses bottines de cuir noir se dressant au-dessus du petit banc de neige longeant le sentier. Ce n'est que lorsqu'elle avait tourné la tête dans sa direction qu'il avait compris que sa témérité le mettait en danger. Il aurait voulu se cacher, mais il était trop tard ; il avait donc préféré demeurer dans une attitude figée.

Bien qu'à bonne distance, John avait remarqué son visage. L'albâtre de sa peau, son port altier, tout en cette femme lui rappelait vaguement quelque chose. Ou quelqu'un…

« Ta mère… », murmura la voix au fond de lui.

Noël qui approchait ravivait en lui des souvenirs d'un bonheur mort à tout jamais.

— Mon premier Noël d'orphelin, dit-il tout bas.

La peine l'accabla.

— Tu me manques tellement… murmura-t-il.

Un tremblement l'avait surpris et ses jambes avaient semblé se dérober sous lui. John avait dû s'appuyer au mur de la chapelle pour ne pas s'écrouler. Il avait fermé les yeux un instant.

Quand il les avait rouverts, la jeune femme avait disparu.

Chapitre 17

La surprise

À la tranquillité de l'avent et de ses privations succéda l'agitation du temps des Fêtes.

Honorine et Euphrasie avaient coordonné leurs efforts pour cuisiner des plats succulents qui raviraient assurément les papilles de Donatien et de sa famille, que les deux veuves avaient conviés au réveillon.

— Dépêchez-vous, maman, on va être en retard pour la messe de minuit!

Honorine enfila ses couvre-chaussures en jetant des regards inquiets vers la chambre de sa mère, qui tardait à en sortir.

— Venez! l'exhorta-t-elle encore.

La jeune veuve posa son chapeau sur sa tête, endossa son manteau qu'elle boutonna d'un geste mécanique et releva la tête vers Euphrasie, qui avançait à petits pas.

— Y a pas le feu! Donatien a attelé la jument. On sera à l'église bien à temps.

— Justement, je ne veux pas faire attendre Donatien inutilement.

D'un geste de la main, Honorine indiqua la chaise placée près de la porte, invitant sa mère à y prendre place. Euphrasie obéit. Honorine s'accroupit à ses pieds et entreprit de chausser celle qui avait grossi depuis qu'elle avait dû demeurer inactive, le temps de sa convalescence.

— Poussez jusqu'au fond, ordonna sa fille.

— C'est tout ce que je peux faire, se désola Euphrasie.

— Poussez plus fort !

— C'est ma cheville. Elle est encore enflée.

— On y est presque !

Euphrasie y mit tous ses efforts. Son pied rentra finalement.

— Je me serais bien passée d'aller à la messe cette nuit, se lamenta Euphrasie.

— Ça va vous faire du bien de voir du monde.

— Si on vivait à Saint-Hyacinthe, ça serait plus intéressant.

— On connaît presque personne là-bas. Tandis qu'ici…

— … tandis qu'ici, y a juste des mégères avec lesquelles je m'entends pas du tout.

— Pas même avec la mère de Donatien ?

— Elle ? Avec son air hautain, on dirait que personne lui arrive à la cheville !

— Vous exagérez toujours.

— À peine, ma fille. À peine…

Sa besogne terminée, Honorine se releva, attrapa le manteau d'Euphrasie et le tint devant elle.

— De toute façon, vous n'avez jamais vraiment eu d'amie à Saint-Liboire, constata Honorine.

— Il y a eu Léonie Gagné, mais elle est morte en couches à son cinquième enfant. Elle avait seulement vingt-cinq ans.

— Comme moi… murmura Honorine.

Sa vie ne se comparait pas à celle de beaucoup de femmes pour qui les grossesses répétées et les accouchements difficiles pouvaient mener à la mort.

La porte de la maison s'ouvrit.

— On va être en retard, dit Donatien.

— On arrive ! répondit Honorine de plus en plus impatiente.

Donatien regarda du coin de l'œil Euphrasie, qui plaçait son chapeau sur sa tête, puis Honorine, dont le rouge aux joues démentait le calme.

— Je vous attends dans la carriole ! lança-t-il en sortant sans plus attendre.

— On sera pas en retard, vous allez voir, assura Euphrasie. Le curé prend toujours son temps pour que la chapelle soit pleine à craquer. Et puis, on a notre banc loué…

— Allez ! Allez ! la pressa encore Honorine.

Cette fois, Euphrasie se tut et précéda sa fille. Les deux femmes quittèrent la maison, Honorine soutenant sa mère d'un bras passé sous le sien.

— Faites attention à la marche du bas. Elle est glacée.

Euphrasie prit appui sur la rampe d'escalier que Donatien avait installée l'automne précédent.

— Appuyez-vous sur moi, conseilla Honorine à Euphrasie qui avait peine à se hisser sur le banc.

Elle l'aida à prendre place près du conducteur et monta à son tour. Elle souleva la grande robe de carriole en chèvre grise, s'en couvrit jusqu'à la taille et posa ses pieds sur les briques chauffées que Donatien avait placées sur le plancher.

Donatien vérifia si la lanterne servant à éclairer le chemin était bien accrochée à la tige de fer installée en permanence sur la pointe avant gauche de la carriole.

— Hue ! cria-t-il, enfin satisfait de son examen.

Il fit claquer les rênes sur le dos du cheval. La carriole s'ébranla dans un joyeux tintement des grelots dont Donatien avait orné le collier de la bête, comme le voulait la tradition pendant le temps des Fêtes.

Pendant ce temps, dans le cagibi, John Surratt tournait en rond comme un fauve en cage. C'était son premier Noël loin de son pays, loin de tout ce qu'il avait connu jusque-là. Il en avait assez de se cacher. Assez de vivre reclus comme un paria.

« Mais tu *es* un paria... », susurra la voix.

— Je dois sortir d'ici... Sinon, je vais devenir fou... marmonna-t-il.

Pour le bon catholique qu'il était, la messe de Noël avait une énorme importance. Il avait demandé au curé la permission d'y assister, mais celui-ci l'avait découragé de courir un tel risque :

— Il ne faut pas que quelqu'un vous voie. On me poserait des questions auxquelles je ne saurais répondre.

John avait gardé secrète sa rencontre fortuite avec la jeune femme, tout comme il n'avait pas divulgué les petites escapades qu'il s'offrait depuis peu, le soir, quand tous les habitants du village étaient endormis.

Le son vibrant des cloches invitant les chrétiens à venir célébrer la naissance de leur sauveur l'aiguillonna et, n'écoutant que la foi qui l'enflammait, John mit son manteau, ses bottes, son chapeau et quitta son refuge.

Dehors, sous la réverbération de la lune, la neige prenait des reflets bleutés. L'air vif et piquant lui donna du courage. Il respira profondément, ferma les yeux un moment, savourant encore une fois la liberté qu'il retrouvait lorsqu'il désertait son abri.

Il emprunta le chemin vers le boisé, s'y faufila et parcourut en un temps record la distance qui le séparait de la chapelle où entraient encore quelques retardataires.

Les voix des choristes lui parvinrent en sourdine…

Ça, bergers, assemblons-nous,
Allons voir le Messie ;
Cherchons cet enfant si doux,
Dans les bras de Marie,
Je l'entends, il nous appelle tous :
Ô sort digne d'envie !

John pressa le pas. Dieu ne pouvait pas lui demander le sacrifice de se soustraire à ce qui, ce soir, le remplissait d'un fragile bonheur. Il se hâta, grimpa les marches du perron de l'église et ouvrit la porte tout doucement. Une bouffée de chaleur, chargée des odeurs multiples des manteaux de fourrure, de l'encens et des bougies qui fondaient, l'accueillit. Sur la pointe des pieds, John se dirigea vers le confessionnal. Il s'engouffra dans l'une des alcôves et en referma le rideau alors que la chorale entonnait le troisième couplet :

Que l'hiver par ses frimas,
Ait endurci la plaine ;
S'il croit arrêter nos pas,

Cette espérance est vaine ;
Quand on cherche un Dieu rempli d'appas,
On ne craint point de peine.

John appuya sa tête contre le mur et ferma les yeux. Pour la première fois depuis son départ de Baltimore, il était en paix, comme aux beaux jours de son enfance lorsque la vie était simple et prometteuse.

Les voix des choristes résonnèrent encore un moment dans la nef. Un court silence plana sur l'assemblée des fidèles, puis la voix du célébrant s'éleva :

— Il est temps d'offrir le grand Sacrifice et d'appeler l'Emmanuel : lui seul peut acquitter dignement envers son Père la dette de reconnaissance du genre humain. Sur cet autel, comme au sein de la crèche, il intercédera pour nous ; nous l'approcherons avec amour, et il se donnera à nous…

Bien que les paroles du prêtre fussent en français, John perçut toute la profondeur du message d'espérance. Grâce à Dieu, il survivrait. Telle était sa conviction alors que son âme se soulevait au rythme du *Kyrie eleison* porté par la voix de tous les participants.

« Dieu me montrera le chemin à suivre… », songea le fugitif, apaisé.

Serrés les uns contre les autres sur le banc où ils s'étaient assis en vitesse, tandis que la chorale entonnait le cantique introductif, Honorine, Euphrasie et Donatien mêlaient leurs voix à celles des autres paroissiens rassemblés. Honorine gardait le nez dans son missel, ignorant les regards posés sur elle. La jeune veuve connaissait bien le ragot voulant que Donatien et elle convoleraient en justes noces au printemps prochain. Cette rumeur, elle le savait, était l'œuvre du curé qui lui avait, en quelque sorte, fait promettre de ne pas faire patienter le jeune Rompré depuis qu'il lui avait fait part de son désir de fonder une famille.

Or Honorine détestait qu'on fasse ainsi pression sur elle et maintenait qu'elle seule avait le droit de décider de sa vie.

« Donatien vous aime… Il ne faut pas le laisser languir trop longtemps », lui avait conseillé le prêtre lors de sa dernière confession obligatoire quelques jours à peine avant Noël.

« Je lui donnerai ma réponse au réveillon de Noël. Pas avant… », avait-elle répliqué d'un ton ferme.

Près d'elle, Euphrasie s'agitait. Honorine lui jeta un regard et vit son teint blême, la sueur sur son front.

— Ça va ? questionna-t-elle tout bas.

— Ma jambe, j'ai de la misère à la bouger, répondit sa mère.

— Voulez-vous vous asseoir ?

— J'ai chaud sans bon sens, ajouta Euphrasie.

— Déboutonnez votre manteau.

Ce qu'elle fit sans attendre.

Honorine tenta de se concentrer sur les prières, tout en gardant un œil inquiet sur sa mère. Euphrasie respirait avec difficulté. Elle avait fermé les yeux, tentant de calmer l'angoisse qui la gagnait. Sa jambe gauche lui faisait mal. Elle posa une main sur son mollet. Malgré la jupe de laine, Euphrasie sentit la chaleur intense. C'était mauvais signe, elle le savait pour avoir vu sa propre mère souffrir de pareil malaise. Une phlébite…

Elle tira sur la manche d'Honorine qui se pencha vers elle.

— On doit partir… chuchota-t-elle.

— On ne peut pas. La messe vient à peine de commencer. Que va dire le curé si…

— Ramène-moi à la maison, je t'en prie, supplia sa mère.

Ce disant, elle releva le bas de sa jupe, dévoilant la jambe enflée. Honorine roula des yeux ronds en apercevant la chair blanche et boursouflée, parsemée de petites cavités. Elle y posa le bout de ses doigts pour en vérifier la température. Elle était brûlante…

Honorine poussa du coude Donatien, qui se tourna vers elle.

— Va chercher la carriole. On doit rentrer. Maman ne va pas bien.

Donatien la fixa d'un air surpris et regarda Euphrasie, dont la pâleur ne laissait aucun doute.

— J'y vais…

Il sortit du banc, fit une génuflexion et partit en quatrième vitesse.

Honorine aida sa mère à se lever, la guida pour sortir du banc et la soutint dans l'allée, sous les regards curieux des paroissiens. Gênées, les deux femmes gardaient les yeux baissés. Euphrasie ne sentait plus sa jambe. Rendue à l'arrière de la chapelle, elle prit appui sur le dossier d'un banc.

— Il faut que je m'assoie un peu… souffla-t-elle.

Honorine chercha une place libre, mais n'en trouva pas. Avisant le confessionnal, désert à cette heure, elle s'y dirigea, entraînant avec elle Euphrasie, de plus en plus essoufflée. Elle ouvrit d'un coup sec le rideau de l'alcôve, où elle-même se retrouvait plus souvent qu'à son tour pour avouer des péchés qu'elle n'avait pas commis.

À la vue de John, elle poussa un petit cri de stupeur, ce qui eut pour effet d'alerter quelques fidèles assis non loin. Agenouillé, le front appuyé contre ses mains jointes, John sursauta. Il reconnut immédiatement la jeune femme qui avait été sa compagne alors qu'il fuyait sur les routes de Saint-Alban ; il compris que c'était la même qui avait chuté non loin de l'église.

Honorine le reconnut aussi. Elle voulut l'interpeller, mais John posa un doigt sur ses lèvres, lui signifiant de se taire. Il referma le rideau tout doucement, se soustrayant au regard perplexe de la jeune femme.

C'est à ce moment que Donatien stoppa à sa hauteur.

— Accrochez-vous, chuchota-t-il à sa future belle-mère.

Pour la deuxième fois, il la souleva de terre et se dirigea vers la porte de la chapelle qu'un bon Samaritain ouvrait toute grande pour lui faciliter la tâche.

Délaissant les abords du confessionnal, Honorine le suivit. Elle sortit de la chapelle et précéda son futur fiancé jusqu'à la carriole où Euphrasie prenait place avec difficulté.

Le trio partit au son des grelots sous une légère averse de neige. Assise contre sa mère, Honorine ne parlait pas. Le visage angélique de l'inconnu lui rappela son dur retour à Saint-Liboire. Elle se demanda ce qui avait mené les pas de cet homme jusqu'ici et se promit de découvrir la raison de sa présence dans cette paroisse.

« On dirait qu'il se cache… », présuma-t-elle.

— Je suis tellement malheureuse de vous faire vivre ça, se lamenta Euphrasie.

— Voyons donc, maman… Votre santé est bien plus importante qu'une messe de minuit.

— Le curé va encore nous tomber dessus et nous faire des remontrances, geignit-elle.

— Laissez faire le curé. Pour le moment, vous devez aller vous reposer, la rassura sa fille.

— Maman a fait la même chose… s'alarma Euphrasie, imaginant une mort prochaine.

— Il ne faut pas vous faire du souci. Si jamais ça empire, Donatien ira chercher le docteur.

— La nuit de Noël… Il va pas aimer ça…

— Un docteur a le devoir de soigner ses patients, nuit de Noël ou pas. Je vais vous le ramener, moi, le docteur, lui certifia son futur beau-fils.

Honorine posa un regard rempli de gratitude vers celui qu'elle saurait peut-être aimer.

— Merci d'être là pour nous, dit-elle.

Donatien la fixa intensément et lui sourit.

Ses lèvres esquissèrent un sourire timide alors qu'un doute immense la submergea.

« Tu ne l'aimeras jamais… », murmura la voix de sa conscience.

Chapitre 18

La désillusion

Après la visite du docteur, le réveillon de Noël avait été écourté et l'annonce des fiançailles, retardée à la fête des Rois ou, au plus tard, à la Saint-Valentin.

Honorine avait vu dans cet imprévu un signe qu'il lui fallait encore réfléchir à son mariage. Pour Donatien, ce retard lui laissait comprendre que la jeune veuve n'était pas pressée de lui accorder sa main. Il en était à la fois vexé et peiné, mais comprenait que la santé de madame Bergeron nécessitait que sa fille demeure près d'elle.

La veille de Noël, le docteur avait posé un diagnostic très clair au sujet de sa patiente :

— Il s'agit d'une phlébite causée par ses varices.

— C'est grave ? avait questionné Honorine.

— Pas à première vue… Mais j'ai déjà eu une patiente qui avait fait une phlébite et dont l'état s'était empiré au point qu'elle avait dû être transportée à l'hôpital.

— Comment saurai-je si c'est grave ? avait demandé Honorine.

— Elle se plaindra de palpitations, de douleur thoracique, d'essoufflement. Elle pourrait avoir des crachats remplis de sang…

À l'évocation de ce qui avait été les dernières heures de son défunt William, Honorine avait froncé les sourcils.

— Que conseillez-vous pour qu'elle aille mieux ?

— Il faut qu'elle marche le plus possible pour favoriser une bonne circulation dans les jambes. Qu'elle boive beaucoup d'eau. Si possible, surélever les jambes quand elle est couchée.

— J'y veillerai personnellement, docteur.

Il avait fouillé au fond de son sac de cuir noir et en avait retiré une petite bouteille remplie de pilules blanches.

— Vous lui en donnerez une toutes les quatre heures, si jamais la douleur se fait sentir.

— Merci. Je vais prendre bien soin d'elle.

— Je n'en doute pas, mademoiselle.

— Madame… rectifia Honorine. Je suis veuve…

— Pardonnez-moi. Vous avez l'air si jeune, s'était excusé le docteur.

Il avait quitté les lieux après avoir encaissé ses honoraires. Les maigres économies réalisées grâce à la vente des produits du potager et de la vache laitière avaient été durement amassées et Honorine avait eu un pincement au cœur en songeant que si Euphrasie ou elle-même devait avoir recours une autre fois aux soins d'un médecin, elles n'auraient pas de quoi payer la note.

L'avenir des femmes Bergeron s'annonçait de plus en plus incertain…

Le jour de l'An s'était déroulé à l'identique du jour de Noël. Les invités étaient restés chez eux, personne ne voulant déranger celles qui se morfondaient pendant que tout le village festoyait. Seul Donatien était venu régulièrement tenir compagnie aux deux veuves, qui lui en étaient très reconnaissantes. Ils s'étaient régalé tous les trois des tourtières, du ragoût de pattes de cochon, des beignes trempés dans le sirop d'érable et des tartes qu'Honorine et Euphrasie s'étaient évertuées à cuisiner, mais qui n'avaient pas été consommées au temps des réveillons.

Les courtes soirées passées en compagnie de Donatien s'étaient avérées très divertissantes et Honorine avait eu tout le loisir de le connaître davantage. À ces occasions, le compagnon de travail avait cédé la place au partenaire de jeu, ne ratant pas une occasion de sortir les cartes pour entamer une partie de whist, dont il sortait presque toujours vainqueur sous les protestations amusées de ses adversaires.

— C'est encore moi qui gagne ! se moquait-il chaque fois qu'il remportait la dernière levée.

Euphrasie faisait semblant d'être offusquée tandis qu'Honorine se demandait par quel mauvais hasard sa main ne comportait jamais les cartes les plus fortes.

— C'est de la chance, tout simplement ! disait Donatien, faisant écho à ses pensées.

Les soirées se terminaient invariablement dans le petit salon, où Honorine et Donatien échappaient à leur chaperon qui avait regagné sa chambre.

— Veillez pas trop tard… leur recommandait-elle en s'éclipsant.

Ils se retrouvaient tranquilles pour bavarder de leurs projets de fiançailles qui tardaient, mais surtout pour échanger de doux baisers. Honorine savait Donatien prêt à la prendre pour femme.

— J'en peux plus d'attendre, lui avait-il avoué.

Chaque fois, le jeune amoureux s'enivrait du parfum d'Honorine dont il mordillait tendrement l'oreille tandis que ses mains, fébriles, attendaient le moment propice de caresser les seins ronds qu'il rêvait de prendre en coupe. Ainsi collé au corps de la belle, il buvait à ses lèvres. Assoiffé d'amour…

Dans la chaleur enveloppante du corps de Donatien, Honorine fermait les yeux, cherchant à retrouver la flamme d'un désir qui lui faisait défaut. Elle avait fouillé sa mémoire, quêtant un souffle, une étincelle de ce qu'elle avait éprouvé dans les bras de William, mais ses attentes étaient demeurées vaines. Sa peau se rétractait sous les tentatives et Honorine ne pouvait s'empêcher de repousser, maladroitement parfois, les caresses de son soupirant.

— Pardonne-moi… je… j'ai pas voulu te brusquer…

— Ce n'est pas toi, Donatien. C'est moi.

— Je t'aime tellement, Honorine…

Elle avait hésité, pour ne pas le blesser d'abord, mais surtout pour ne pas faire s'écrouler, comme un château de cartes, les espoirs de sécurité qu'Euphrasie plaçait dans cette union.

« Tu ne peux pas te sacrifier pour ta mère », avait murmuré la voix de sa conscience.

— Ça serait mieux que tu rentres chez toi, avait-elle simplement dit.

Donatien avait quitté les lieux, peiné de la tournure des événements. Il s'en voulait de s'être laissé aller à ce désir qu'il avait de plus en plus de mal à contrôler. Durant les nuits où le sommeil lui faisait faux bond, il cherchait l'apaisement de ses sens par la prière d'abord, avant de se procurer en solitaire le plaisir qu'il ne pouvait trouver entre les bras d'une femme, comme il l'avait toujours fait depuis ses treize ans.

La Saint-Valentin approchait, et Donatien avait fait le projet de choisir lui-même la date du mariage.

— Ça sera la semaine après Pâques, avait-il décidé sur le chemin du retour.

Le mariage devait avoir lieu. Et vite…

Debout près de la fenêtre, Honorine attendait impatiemment l'arrivée de Cordélia. Il lui tardait d'avoir des nouvelles de la ville, mais elle voulait surtout vérifier les possibilités de pouvoir y déménager.

Une carriole stoppa devant la maison des Bergeron. Son amie en descendit et se dirigea vers la porte de la maison qu'Honorine ouvrait toute grande.

— Te voilà enfin ! s'exclama-t-elle.

— Je ne me rappelais pas que ça prenait autant de temps pour venir jusqu'ici, se plaignit Cordélia.

Les joues rougies par le froid, la jeune fille s'engouffra dans la maison et alla directement placer ses mains gantées au-dessus du poêle.

— Il vente et il fait froid, en campagne ! se plaignit-elle.

— Déshabille-toi, je vais te servir un bon thé chaud.

À regret, Cordélia s'éloigna de l'unique source de chaleur de la maison puis enleva son chapeau et son manteau qu'elle tendit à son hôtesse.

— Ta mère n'est pas là ?

— Elle se repose dans sa chambre.

— Est-ce qu'elle va mieux?

— Sa jambe est désenflée de moitié, mais elle a encore mal à la cheville.

— Je te l'avais dit qu'une entorse, ça prenait du temps à guérir...

— Il n'y a pas que l'entorse. Elle a fait une phlébite, rectifia Honorine.

Elle suspendit le manteau de son amie à un crochet, près de la porte d'entrée, et revint près du poêle.

— Assieds-toi, l'invita-t-elle.

Cordélia s'installa sur la chaise la plus près du poêle tandis qu'Honorine versait de l'eau chaude dans une théière placée au centre de la table et dans laquelle flottèrent aussitôt des feuilles de thé. Elle prit place au bout de la table, non loin du poêle qui irradiait une chaleur réconfortante.

— C'est gentil d'avoir fait tout ce chemin pour venir me voir, dit Honorine.

— J'aurais tellement aimé venir avant, commença son amie.

Des larmes brillèrent au coin de ses yeux et elle ne put réprimer les pleurs qu'elle retenait depuis son arrivée.

— Doux Jésus! Cordélia... Qu'est-ce qui te fait pleurer comme ça? s'inquiéta son amie.

— Maman sait pour Thomas...

— Sait quoi?

— Que nous nous voyons régulièrement…

— Et… ?

— Et elle m'a défendu de retourner le voir sous peine de m'envoyer dans un couvent.

— C'est pas sérieux, voyons ! Elle dit ça pour te faire peur…

— Non. Elle est très sérieuse, au contraire.

— Et ton père, il dit quoi ?

— Il dit que je serais la honte de la famille si je frayais avec cet hérétique.

— On n'envoie plus les filles récalcitrantes au couvent comme ça !

Les pleurs de Cordélia redoublèrent et Honorine attendit qu'elle se calme avant de continuer.

— Tu n'as pas lu les journaux ? dit enfin son amie.

— Je n'ai pas d'argent pour acheter le journal, tu sais.

— Alors tu ne sais pas que le gouvernement a décidé d'appliquer le Code civil ? Nous sommes dorénavant des êtres inférieurs, comme des enfants !

— Voyons donc, pas toutes les femmes ?

— Toutes les femmes, mariées ou célibataires.

— Depuis quand est-ce que c'est en vigueur ?

— Deux semaines.

Cordélia s'était levée et marchait maintenant de long en large dans la cuisine.

— La femme célibataire est vue comme incomplète à moins qu'elle fasse partie d'un ordre religieux. Dorénavant, dans l'Église catholique et dans la vie civile, nous sommes sous la domination totale des hommes, qu'ils soient prêtres, pères, maris ou tuteurs.

Cordélia s'était tue, incapable de continuer.

Assise à table, Honorine était estomaquée. Pourquoi enlever la liberté aux femmes à ce point ? Pour quelles raisons valables les hommes les refoulaient-elles au rang d'esclaves ?

Honorine se leva enfin et alla chercher une bûche, ouvrit un des ronds du poêle et l'y inséra avec précaution.

— Et que dit le Code civil sur les veuves ? hasarda-t-elle.

Son amie se tourna vers elle, l'air dépitée.

— Elles doivent se soumettre elles aussi, j'imagine. Comme toutes les autres…

— Si elles ne sont pas mentionnées dans ce code, c'est qu'aucune règle ne s'applique à elles, supposa Honorine.

Cette fois, Cordélia la dévisagea longuement.

— Tu ne pourras pas rester veuve toute ta vie… osa-t-elle.

— Si c'est pour garder un tant soit peu de liberté, je crois que c'est le seul choix qu'il me reste.

Honorine marcha à son tour vers la fenêtre et s'arrêta près de celle qui, depuis belle lurette, recueillait ses confidences sans jamais la juger.

— En attendant, viens me parler de ce beau pasteur qui fait battre ton cœur, l'invita-t-elle doucement.

Chapitre 19

La fatalité

— Vous avez été imprudent ! Très imprudent, monsieur Armstrong !

Le curé Boucher faisait les cent pas, les mains croisées derrière son dos, la tête baissée pour ne pas dévisager John Surratt, assis sur une chaise près de la table dans la cuisine de la maison louée au prêtre en attendant la construction d'un vrai presbytère.

— Plusieurs personnes vous ont aperçu, rôdant dans le bois non loin. Il me semble que nous nous étions entendus pour que vous demeuriez caché le plus souvent possible.

— J'assiste pourtant à la messe tous les dimanches et personne ne m'a vu jusqu'à maintenant, se défendit John.

— Parce que vous prenez les précautions nécessaires en vous cachant dans le confessionnal avant le début de la messe et en ne sortant qu'une fois la chapelle déserte. Mais vous promener librement dehors, au vu et au su de tous, c'est autre chose.

— Je sors très peu, souvent le soir quand le soleil est couché. Ils ne pourraient pas me reconnaître, protesta John.

Charles Boucher n'osa avouer qu'après avoir lu les journaux, quelques jours après son arrivée au village, il avait fait un lien entre son pensionnaire et le fugitif tant recherché. Il avait prêté serment de veiller à la sécurité de cet homme, il ne pouvait trahir ceux qui avaient mis sa confiance en lui. De plus, sa position de subalterne était sans équivoque : il devait obéir aux ordres.

— Vous reconnaître, non, mais la rumeur circule qu'un inconnu erre dans le village. Ça fait peur aux paroissiens qui pourraient faire une battue pour vous piéger, continua-t-il.

— Je ne veux de mal à personne.

— Moi, je le sais. Mais eux ne le savent pas.

Le ton avait monté.

Le curé arrêta ses pas près du poêle à bois, souleva l'un des ronds pour vérifier s'il y avait assez de bûches et le referma d'un geste plus brusque qu'il ne l'aurait voulu. Le bruit fit sursauter John, qui se retourna vers lui.

— J'en ai assez de me cacher dans cette pièce sans fenêtre et sans lumière. C'est pire qu'une prison ! J'étouffe…

— Écoutez, monsieur Armstrong, si j'avais su qui vous étiez, je ne vous aurais jamais accepté ici.

Le prêtre se tut.

La rondelette somme de vingt-cinq mille dollars versée en récompense à la personne qui le livrerait aux autorités lui avait fait miroiter la possibilité d'investir cet argent dans la construction d'un presbytère digne de ce nom, ce qui mettrait fin à l'errance qui était la sienne. Lui aussi en avait assez des masures louées à quelque colon qui n'avait même pas pris la peine d'en faire une demeure habitable. Il en avait assez de desservir plus d'une paroisse, n'ayant jamais suffisamment de temps pour se reposer ou se changer les idées. Il était constamment dévoué à sa tâche de prêtre et ne voyait pas quand cette situation prendrait fin.

Charles Boucher se rappela les directives de Joseph La Rocque, évêque de Saint-Hyacinthe, au sujet de la vague d'apostasies qui touchait presque toutes les paroisses du diocèse :

— Il faut mettre un frein à la montée de cette hérésie. Par tous les moyens. Il faut ramener les brebis égarées auprès des bons pasteurs. Tel est votre devoir.

« Au moins, l'Américain que tu héberges est un fervent catholique », le rassura une petite voix au fond de lui.

« Mais si c'est un meurtrier... », en susurra une autre.

Le prêtre en était à ces réflexions quand quelqu'un frappa à la porte de la maison. Les deux hommes sursautèrent. John se leva en vitesse et courut jusqu'à la cloison du poêle, la fit pivoter en un tournemain et disparut dans le cagibi où il souffla l'unique bougie, se plongeant dans la noirceur la plus complète.

Charles Boucher prit bien son temps, replaça la chaise sous la table, vérifia si son pensionnaire avait laissé traîner quelque chose qui aurait pu paraître suspect au visiteur qui frappait une seconde fois à la porte de sa demeure.

— J'arrive ! J'arrive ! cria-t-il.

Il se dirigea à pas mesurés vers la porte qu'il ouvrit à demi. Donatien se trouvait sur le perron, le manteau couvert de neige.

— Qu'est-ce que tu fais ici ?

— C'est ma mère, monsieur le curé. Elle va de plus en plus mal. Le docteur m'a dit de venir vous chercher. Il faut que vous veniez. Vite !

— Je prends mes habits sacerdotaux et je te rejoins. Attends-moi dans ta carriole.

Donatien obéit en vitesse, le cœur serré.

Depuis maintenant cinq jours, sa mère, Imelda, avait contracté un mauvais rhume qui s'était vite transformé en grosse grippe. Une fièvre persistante accompagnait maintenant une toux rauque. Imelda, qui ne se plaignait jamais, avait continué sa besogne, sans prendre le temps de se reposer. La veille, la fièvre avait atteint un point critique et, sur les conseils de ses enfants, elle s'était alitée avant l'heure du souper, grelottante et assoiffée.

Donatien, occupé à réparer une partie du toit du poulailler qui avait cédé sous un amas de neige, n'avait pas pris la peine, à son retour dans la soirée, d'aller vérifier l'état de celle qui semblait dormir. Ce n'est que le lendemain matin, à son réveil, qu'il avait frappé à la porte de sa chambre pour découvrir que sa mère respirait à grand peine.

— C'est une pneumonie grave… avait déclaré le médecin après l'avoir examinée.

Il avait rangé le stéthoscope au fond de sa mallette et sorti un flacon rempli d'un liquide ambré qu'il avait déposé sur la table de chevet, près de sa patiente.

Dans la cuisine adjacente à la chambre, consternés, les enfants Rompré s'étaient agenouillés, chapelets entre les mains, et récitaient à haute voix des *Notre Père* et des *Je vous salue Marie*, implorant Dieu, la Vierge et tous les saints de ne pas leur enlever leur mère.

— Vous devriez aller chercher le curé, avait ajouté le médecin tout bas à Donatien.

— Vous me dites pas que…

Sa question était demeurée coincée dans sa gorge nouée tandis que ses yeux se remplissaient de larmes.

Le docteur avait hoché la tête. Tel un automate, Donatien avait obéi, impuissant devant la volonté divine.

Sur le chemin enneigé qui le conduisait à la résidence du prêtre, il avait espéré de tout son cœur que le curé serait chez lui. Il songeait à la vie de misère qu'était celle des paysans vivant éloignés des hôpitaux. Il se surprit à regretter de vivre dans cette campagne qui, pourtant si belle en été, les gardait captifs en hiver, isolés du reste du monde lorsqu'une bordée de neige venait couper les routes. Il déplorait la rigueur de cette saison, les pluies abondantes des automnes, et maudissait intérieurement ce pays qui n'offrait à ses habitants que des jours de labeur et de privations.

La porte de la maison s'ouvrit et Charles Boucher en sortit, une mallette de cuir contenant son étole et le saint chrême qui lui serviraient, il en avait bien peur, à administrer l'extrême-onction réservée aux mourants. Il prit place sur le banc, près de Donatien qui essuya du revers de sa mitaine les larmes qui coulaient sur ses joues. Le prêtre se tourna vers lui et posa une main réconfortante sur son épaule.

— Courage, Donatien, dit-il simplement.

Sans un mot, le conducteur fit claquer les rênes sur la croupe du cheval, dont le dos se couvrait d'un léger frimas. Le souffle de la bête créa une aura de vapeur blanche autour de sa tête quand elle se mit en route.

Dans sa tanière, incapable de demeurer plus longtemps dans l'obscurité, John alluma la bougie. Il marcha vers la cloison qu'il déplaça lentement, vérifia si le prêtre y était toujours. Rassuré d'être seul, il sortit de sa cachette, traversa la cuisine jusqu'à l'évier où il actionna la pompe à eau. Il s'y désaltéra à même le filet qui en sortit et se lava le visage et les mains. L'eau froide lui fit du bien. Il tourna la tête vers la fenêtre. Dehors, un soleil resplendissant faisait briller la neige, comme autant d'étoiles tombées du ciel.

John retourna dans la pièce qui lui servait de chambrette depuis plus d'un mois. Il enfila son manteau, son chapeau, chaussa ses bottes, prit ses mitaines de peau de chevreuil, cadeau de Noël de son protecteur, et sortit.

L'air froid le vivifia, mais il dut fermer les yeux tellement la réverbération du soleil sur la neige immaculée était éblouissante. Il offrit un long moment son visage à la chaleur réconfortante, promesse de jours meilleurs, avant de partir en direction opposée au trajet qu'il avait toujours emprunté.

— Je vais marcher en bordure des champs, cette fois, se dit-il.

Il hâta le pas vers le sud-est, emprunta un sentier qui longeait la route avant de louvoyer entre les bouleaux qui bordaient une terre. Il s'y engagea, heureux de pouvoir, encore une fois, faire un pied de nez à cette réclusion forcée qui était le lot de sa vie depuis bientôt neuf mois.

Chapitre 20

La réponse

Les funérailles d'Imelda Rompré s'étaient déroulées dans la plus stricte intimité, Donatien préférant garder loin des yeux des commères leur triste situation. Seule Honorine était venue lui offrir ses condoléances ainsi que celles d'Euphrasie, qui ne se déplaçait presque plus en dehors de la maison.

Donatien aurait aimé se faire consoler entre ses bras, mais la présence de ses sœurs avait retenu son élan.

Depuis la mise au charnier du cimetière, en attendant que la terre dégèle pour inhumer la dépouille de celle qui allait rejoindre son mari défunt, le pauvre garçon en avait plein les bras avec ses deux sœurs cadettes.

Babette, quinze ans, et Louise, treize ans, accomplissaient les travaux ménagers sans rechigner. Solidaires dans leur peine, les jeunes filles parlaient peu, se concentrant sur le travail à effectuer, refoulant à tous moments leurs sanglots.

Un après-midi, le curé Boucher était venu veiller à la maison et prêter conseil à celui que le destin avait désormais placé à la tête d'une famille.

— Te voilà responsable de l'éducation de tes sœurs. C'est une tâche immense pour un homme seul. Il te faudra trouver une épouse au plus vite pour combler le vide laissé par ta défunte mère.

— Personne pourra remplacer ma mère.

— Je sais… Je comprends… Mais il te faut de l'aide pour prendre soin de cette famille. Babette et Louise peuvent suffire à la tâche pendant un certain temps. Mais d'ici peu, Babette sera en âge de chercher un soupirant et peut-être même un mari…

Le ton moralisateur, mais aussi l'acharnement du prêtre arrivait à un bien mauvais moment. Surtout que la mort d'Imelda venait, encore une fois, retarder la date probable du mariage avec Honorine. Si celle-ci voulait toujours de lui… La dernière fois qu'il l'avait rencontrée, Donatien l'avait trouvée distante. Elle semblait importunée par sa présence et le jeune homme en avait déduit qu'elle avait peut-être changé d'idée.

— La veuve Bergeron et toi pourriez devancer le mariage.

— Malgré le deuil d'un an que je porte ?

— Les circonstances te sont favorables pour déroger à cette règle, il me semble.

— Je sais pas si Honorine voudra…

— Je lui parlerai de l'urgence de la situation. C'est une femme intelligente, elle comprendra.

Donatien avait baissé la tête.

— Je crois qu'elle m'aime pas assez pour passer toute sa vie avec moi, monsieur le curé.

Le curé avait dodeliné de la tête en silence. Il avait bien remarqué que la jeune veuve ne montrait pas beaucoup d'empressement pour le mariage. Ne lui avait-elle pas signifié, lors de sa dernière confession, ne pas avoir encore donné sa réponse au jeune Rompré ? Le prêtre, tout comme les paroissiens de Saint-Liboire, la connaissait peu. Elle assistait à la messe du dimanche seulement quand le temps était clément. Elle s'en était excusée auprès du curé, prétextant que la jambe de sa mère ne leur permettait pas de se déplacer en carriole par grands froids. Elle avait aussi mentionné qu'elle avait beaucoup à faire, vu les absences répétées de Donatien, qui en avait plein les bras avec sa propre ferme.

« L'hiver est dur pour tout le monde, monsieur le curé… », s'était-elle plainte.

— Croyez-vous qu'elle fréquente quelqu'un d'autre ? avait demandé Donatien.

Le curé avait relevé la tête et fixé son interlocuteur d'un air triste.

— Je ne sais pas…

Donatien avait à nouveau baissé le front pour cacher sa déconvenue.

— Donnez-lui l'assurance que personne ne pourra l'aimer comme vous saurez le faire ! s'était-il emporté.

Cette fois, Donatien avait levé vers le prêtre une mine contrariée.

— Je peux quand même pas la forcer !

— Ne dit-on pas que la fin justifie les moyens ?

Médusé, Donatien s'était levé lentement.

— Vos paroles, monsieur le curé, sont pas celles d'un homme d'Église.

Il avait tendu le bras, lentement, et désigné la porte de la maison.

— Sortez de chez moi.

Voyant que ses propos avaient été mal compris, Charles Boucher voulut s'expliquer, mais il préféra se taire et déguerpir en vitesse avant que la situation ne s'envenime.

Le crépuscule dessinait des arabesques orangées dans le ciel d'hiver quand Donatien sortit la carriole et y attela son cheval. Il y monta sans avoir pris la peine d'y installer des briques chaudes sur le plancher, bien décidé à se rendre sans plus attendre chez les Bergeron afin d'avoir une discussion sérieuse avec Honorine.

Il était anxieux de la revoir, mais il craignait surtout la réponse qu'il allait chercher.

Quand il arrêta sa voiture devant le perron de la maison des veuves, il attacha les rênes autour du poteau de la clôture de perches bordant l'allée menant à l'étable. Il flatta le flanc de son fidèle cheval, replaça son chapeau sur sa tête, monta les marches, frappa à la porte et attendit, le cœur battant.

Ce fut Honorine qui vint lui répondre.

— Donatien? Quelque chose ne va pas?

— Honorine, veux-tu m'épouser? J'en peux plus de continuer à espérer en vain. Il me faut une réponse claire.

— Entre.

Le soupirant s'exécuta, mais demeura raidi de froid et d'angoisse sur le paillasson, triturant son chapeau de feutre entre ses mains nerveuses.

Honorine referma la porte et croisa son châle de laine sur sa poitrine.

— Veux-tu m'épouser? réitéra-t-il.

— On avait dit qu'on annoncerait les fiançailles à la Saint-Valentin… tergiversa Honorine.

— Je sais! coupa Donatien. Mais depuis la mort de maman, j'ai plus le choix.

Honorine le fixa longuement, plissant les yeux pour tenter de déchiffrer le message qui se cachait sous cette urgence.

— Le curé est allé te voir ?

— Oui.

— Je le savais !

— C'est pas juste à cause de lui si je viens te demander une réponse claire.

Il la fixa intensément avant de continuer :

— Je t'aime, Honorine… J'ai envie de vivre ma vie avec toi à mes côtés. J'aimerais qu'on fonde une famille.

Honorine baissa les yeux. Depuis leurs fréquentations, la jeune veuve avait volontairement omis de parler de sa stérilité. Elle n'en avait pas vu la nécessité puisqu'elle n'avait pas encore pris sa décision.

Elle respira profondément et, relevant la tête, lui avoua :

— Je pense que je ne peux pas avoir d'enfants.

Donatien la dévisagea, surpris d'abord, puis ses lèvres esquissèrent un sourire.

— C'était peut-être pas ta faute, Honorine…

— On me l'a déjà dit, mais tant et aussi longtemps que je n'aurai pas la preuve du contraire, je ne pourrai te promettre de te donner une descendance.

Elle fit une pause et lui sourit à son tour.

— Es-tu prêt à prendre ce risque, Donatien ?

Cette question roula un moment dans la tête de celui que l'amour enchaînait à cette femme qu'il désirait plus que tout au monde.

— Oui, répondit-il simplement.

Honorine serra davantage le châle autour de ses épaules et fit un pas vers son prétendant.

— Dans ce cas, Donatien Rompré, je veux bien t'épouser, mais pas avant le mois de mai.

— Pourquoi si tard ? s'inquiéta-t-il.

— Parce que j'ai plein de choses à arranger avant notre mariage, mais surtout parce que j'ai toujours trouvé que le mois de mai est le plus beau mois de l'année pour se marier.

Elle éclata d'un rire enfantin et communicatif, imité par Donatien qui n'en croyait pas ses oreilles.

— Es-tu bien certaine que tu veux te marier avec moi ?

— Arrête de me le demander, sinon je vais changer d'avis, le taquina-t-elle.

Il tendit ses deux mains devant lui, comme pour se protéger.

— Je te poserai plus la question. Promis !

Il s'approcha de la belle et déposa un doux baiser sur son front d'abord, sur ses lèvres ensuite.

— Merci, Honorine. Tu le regretteras pas. Je te le jure…

— Ne jure pas ! Ça peut porter malheur.

— Le seul malheur qui puisse m'arriver, c'est que tu veuilles pas de moi.

Ils entendirent du bruit venant de la maison.

— C'est qui ? interrogea Euphrasie en sortant de sa chambre.

Elle marchait à l'aide d'une canne et Donatien remarqua la lourdeur de sa démarche.

— Bonjour, madame Bergeron ! Vous allez bien ?

— Bonjour, Donatien. Ça va comme ça peut.

Elle tira une chaise de dessous la table et s'y laissa choir lourdement.

— J'aurais bien aimé aller aux funérailles de ta mère, tu sais, s'excusa-t-elle.

— Je sais. Vous en faites pas, Honorine m'a transmis vos condoléances.

— Une chance que je l'ai, mon Honorine. Je sais pas ce que je ferais sans elle.

Euphrasie soupira bruyamment avant d'enchaîner :

— Tu restes souper avec nous ? s'enquit-elle.

— Non, merci, je vais retourner à la maison. Ça va bientôt être l'heure de faire le train.

— Oui, moi aussi je dois aller soigner la jument et les vaches, dit Honorine.

— Je peux le faire avant de partir, si tu veux.

— Tu as assez à faire chez toi. Je vais m'en occuper…

— Dans ce cas, comme tu voudras, dit Donatien.

Il plaça son chapeau sur sa tête, releva le col de son manteau, ouvrit la porte et sortit en adressant un dernier sourire à Honorine. Une fois sur la galerie,

Donatien se redressa, savourant le coucher de soleil qui enflammait maintenant l'horizon au-dessus des champs enneigés qui seraient, dans quelque temps, les siens.

Chapitre 21

La Chandeleur

Invitée chez son amie Cordélia pour fêter la Chandeleur, Honorine se délectait des délicieuses crêpes qui, par leur forme et leur couleur, lui rappelaient le soleil qui reviendrait au printemps redonner sa chaleur et sa lumière après un trop long hiver. Sur la table, comme partout dans la maison, des dizaines de chandelles avaient été allumées pour l'occasion.

— J'adore la Chandeleur ! C'est juste dommage qu'elle marque la fin du temps des Fêtes, dit Honorine.

Elle jeta un coup d'œil à la fenêtre.

— Il neige toujours autant !

— À la Chandeleur, la neige est à sa hauteur ! lança monsieur Bernier.

— On dit aussi qu'à la Chandeleur l'hiver se meurt ou prend vigueur, ajouta Honorine, qui aimait se prêter au jeu des dictons et des proverbes.

Depuis le début du repas, Cordélia avait à peine parlé et affichait un air maussade en gardant le nez dans son assiette, dans laquelle elle picorait nerveusement.

— Tu n'as presque rien mangé, remarqua Céléna.

— Je n'ai pas faim, répliqua sa fille sans la regarder.

— Tu ne vas pas bouder! À ton âge… tenta son père.

— Il n'y a pas d'âge pour être malheureuse, papa.

Honorine savait ce qui chagrinait son amie.

Dans la dernière lettre qu'elle lui avait écrite, elle lui répétait comment ses parents, mis au courant qu'elle allait assister aux offices protestants, lui avaient formellement défendu d'y retourner. La pauvre rongeait son frein, s'apitoyant sur le mauvais sort qui lui enlevait la chance de revoir Thomas Fryer, dont elle était de plus en plus éprise. Le soir, dans son lit, elle imaginait sa bouche contre la sienne, leurs deux corps soudés l'un à l'autre. Elle fantasmait sur le jour où il oserait un mot, un geste, lui donnant l'espoir d'une possible liaison, d'un possible amour.

Elle avait eu beau plaider sa cause à ses parents en mentionnant le travail de bénévole qu'elle effectuait en compagnie des dames de cette petite communauté de croyants afin d'aider les familles dans le besoin et de leur procurer de la nourriture et des vêtements fabriqués à même les ressources fournies par les membres, rien n'avait fait fléchir leur décision d'éloigner leur fille unique de ces brebis égarées, ces hérétiques qui reniaient la vraie parole de Dieu, prêchée par l'Église catholique.

Le dîner terminé, les deux amies se retirèrent dans la chambre de Cordélia afin d'y parler à leur aise.

— Je suis follement amoureuse de lui, avoua celle-ci.

Elle referma la porte et vint prendre place dans le fauteuil en face d'Honorine.

— Il est célibataire. Donc prêt à prendre femme, ajouta-t-elle.

— C'est lui qui te l'a dit ?

— Non. Mais je sais qu'il n'épousera qu'une femme de la même religion que lui.

Cordélia éclata en sanglots.

Honorine fut aussitôt près d'elle et la prit dans ses bras pour la consoler. Les amies demeurèrent ainsi enlacées jusqu'à ce que les pleurs de la jeune femme se tarissent.

— Je ne sais pas quoi faire ! Je suis comme une prisonnière, ici ! Ma mère me chaperonne chaque fois que je mets un pied dehors. J'en ai assez ! Assez !

— Il doit bien y avoir une solution… tenta encore Honorine.

— Oui. Il y en a une et tu dois m'aider.

Sans attendre, Cordélia se dirigea vers sa petite commode, ouvrit le dernier tiroir, souleva les robes de nuit bien pliées qui s'y trouvaient et sortit une enveloppe non scellée, qu'elle tendit à Honorine.

— Peux-tu aller porter cette lettre à l'évêque pour moi ?

Honorine demeura bouche bée un instant. Elle finit par bredouiller :

— L'évêque ?

— C'est ma lettre d'apostasie. Si je veux que Thomas m'aime et m'épouse, je ne dois plus appartenir à la religion catholique.

— Mais… tes parents…

— Ce n'est pas de leurs affaires. Dans trois mois, je vais avoir vingt et un ans, l'âge de la majorité. J'ai le droit de changer de religion si je le désire.

— Mais… la loi veut que… tenta encore Honorine.

— Je me fiche de la loi ! Je veux devenir la femme de Thomas.

— Es-tu bien certaine qu'il veut t'épouser ?

Les yeux de Cordélia lancèrent des éclairs.

— Ne me dis pas que toi non plus tu ne me comprends pas ! Tu as pourtant épousé un Irlandais, anglophone de surcroît, et tu l'as suivi sans te soucier de ceux que tu laissais derrière toi ! s'exclama Cordélia.

Estomaquée, Honorine baissa la tête. Ces paroles l'atteignaient en plein cœur. Comment comparer l'amour pur et véritable qui l'avait liée à William à la tocade amoureuse qui s'était emparée de son amie ? Elle ne la reconnaissait plus…

— C'était différent…

— Comment peux-tu savoir si l'amour que je porte à Thomas est différent ? J'aime Thomas et je l'aurai. Même si je dois être excommuniée.

Cette fois, l'attitude de Cordélia ne laissait planer aucun doute. La passion qui l'habitait emportait sa raison.

— Tu me fais peur… souffla Honorine.

Elle se leva et se dirigea vers la porte. Elle mit sa main sur le loquet et se retourna.

— Je vais porter ta lettre à l'évêque.

— Merci, balbutia Cordélia.

Honorine descendit l'escalier et alla saluer ses hôtes, qui prenaient le thé au salon.

— Tu nous quittes déjà ? s'enquit Céléna.

— Oui, je dois retourner à Saint-Liboire. Je n'aime pas laisser ma mère trop longtemps toute seule, s'excusa Honorine.

— Tu es une bonne fille ! J'aimerais bien que Cordélia soit aussi avenante avec sa mère, laissa tomber Auguste, sur un ton de reproche.

— L'amour… Ça fait faire tellement de bêtises… soupira Céléna.

Honorine ne répliqua pas. Elle s'habilla en hâte, ouvrit la porte et se retourna.

— Bonne fin de journée, dit-elle simplement.

Dehors, la neige tombait à gros flocons qui s'accrochaient à son manteau et à ses cheveux. Ses deux mains jointes sur la lettre qu'elle abritait dans son manchon de fourrure, elle prit la direction de l'évêché, qui n'était qu'à deux rues de là.

Dans sa tête, mille questions dansaient une sarabande endiablée. Que devait-elle faire ? Pouvait-elle livrer cette lettre sans savoir si ce Thomas Fryer était vraiment amoureux de son amie ? N'était-ce pas prématuré de donner cette lettre d'apostasie alors que ce pasteur ne ressentait peut-être rien pour la pauvre Cordélia ?

Honorine fit demi-tour. Elle s'engagea dans l'avenue de l'Hôtel-Dieu, tourna à droite rue Dessaulles, puis à gauche rue Sainte-Anne, qui longeait le Palais de justice, avant de bifurquer à droite. En quelques enjambées, elle se retrouva devant l'édifice de la gare où se massaient les voyageurs, le traversa dans le sens de la largeur et se retrouva sur le quai. Elle regarda à droite, puis à gauche, s'assurant qu'aucune locomotive n'approchait, souleva ses jupes et traversa au pas de course les multiples voies ferrées, longues lignes d'acier qui séparaient la ville en deux d'est en ouest. Elle arriva, essoufflée, en face de la chapelle de l'Église unie d'Angleterre, gravit les quelques marches qui la menèrent sur le petit perron de bois et poussa la porte sans aucune hésitation.

À l'intérieur, faisant contraste avec la blancheur des rues enneigées de la ville, la pénombre la surprit. Aucune odeur d'encens ne titilla ses narines, aucun bruit ne parvint à ses oreilles.

Honorine jeta un regard circulaire sur cet endroit qui n'avait rien de comparable aux chapelles ou aux églises catholiques qu'elle connaissait. Ici, pas de niches abritant des statues de la Vierge ou de saints. Pas de crucifix offrant l'image d'un Christ agonisant aux plaies sanglantes. Aucun autel dressé en plein centre du chœur. Il n'y avait qu'une chaire de chêne à la droite des chaises dépourvues de prie-Dieu.

Honorine se sentit transportée dans un autre monde.

Au fond de la grande salle, une porte s'ouvrit ; Thomas Fryer s'y encadra. Lorsqu'il aperçut Honorine, il demeura silencieux, les sourcils levés, évidemment surpris par la présence de la jeune veuve en ces lieux.

— Bonjour, dit-il.

— Bonjour.

— Que puis-je faire pour vous ?

— C'est au sujet de Cordélia... commença Honorine.

— Il ne lui est rien arrivé de grave, j'espère ?

— Non… enfin, oui…

— Vous avez l'air troublée, dit-il en s'approchant de la visiteuse. Venez donc vous asseoir.

Honorine obéit. Thomas prit place sur une chaise en face d'elle. Comme au premier jour de leur rencontre, quand il l'avait rattrapée alors qu'elle allait tomber, la proximité de cet homme la troubla.

— Alors… Cordélia…

— Elle est amoureuse de vous, lança Honorine.

Thomas Fryer afficha un air surpris d'abord, puis contrarié.

— C'est elle qui vous l'a dit ?

— Oui.

— Pourquoi n'est-elle pas venue m'en parler elle-même ?

— Parce que ses parents ne veulent plus qu'elle vienne ici. Ils sont catholiques, vous savez…

Elle préféra ne pas en dire plus et, surtout, taire les propos haineux que le père de son amie avait proférés devant elle.

Thomas Fryer fronçait les sourcils, l'air courroucé.

— Ils doivent nous traiter d'hérétiques, de démons, et que sais-je encore…

Il se leva et marcha jusqu'à l'avant de la chapelle.

— C'est tout ce que vous aviez à me dire, Honorine ?

— Non… En fait… Ce n'est pas Cordélia qui m'a demandé de venir vous voir. Je l'ai fait de ma propre initiative, car je ne veux pas que mon amie soit malheureuse à cause de…

Honorine hésita.

— … de moi ? compléta-t-il.

Honorine ne broncha pas devant le regard d'azur qui la fixait intensément. Un courant passa entre eux, quelque chose d'indéfinissable qui donne chaud et fait frissonner en même temps.

— Elle s'est mis dans la tête de renier sa religion afin de pouvoir vous épouser, expliqua enfin l'émissaire.

Elle sortit la lettre de son manchon et la lui tendit.

— Elle m'a demandé d'aller porter sa demande d'apostasie à l'évêque.

— Pourquoi ne l'avez-vous pas fait ?

— Parce que…

De nouveau, le silence remplit la chapelle. Dehors, le vent s'était levé, soulevant la neige qui s'était accumulée sous les fenêtres.

Elle se jeta à l'eau :

— Parce que je dois d'abord savoir si vous êtes amoureux de mon amie Cordélia.

Thomas Fryer prit bien son temps. Il porta la main à son front.

— Écoutez… Je ne sais pas quoi vous dire…

— Dites-moi simplement si, oui ou non, mon amie peut espérer se faire aimer de vous.

Fryer fit quelques pas, croisa les mains derrière son dos comme il le faisait chaque fois qu'il était contrarié ou pensif. Il était conscient que la réponse qu'il allait donner à cette jeune fille creuserait une fois de plus le clivage avec ces catholiques qui le détestaient ouvertement. La petite communauté de l'Église unie d'Angleterre se situait en retrait, dans un endroit accessible seulement par un petit sentier longeant la voie ferrée et entouré d'arbres. Ainsi, ceux qui s'y aventuraient étaient des habitués, des fidèles protestants ou encore des dames bénévoles; peu de catholiques osaient y mettre les pieds, n'améliorant en rien les relations entre les deux communautés.

— Répondez-moi franchement, répéta Honorine.

— La vérité est que je n'aime pas mademoiselle Bernier. Pas d'amour, en tout cas. Pas assez pour vouloir la prendre pour épouse.

La réponse était claire et nette, sans faux-fuyant.

Honorine remit la lettre dans son manchon.

— Maintenant, je sais ce que je dois faire, dit-elle.

— Je suis désolé, commença Thomas.

— Vous n'avez pas à être désolé. Ce n'est pas votre faute si Cordélia s'est mis des idées dans la tête.

— Je ne l'ai jamais encouragée en ce sens, se défendit-il encore.

— Je crois qu'elle a assez d'imagination pour s'être convaincue du contraire.

Honorine esquissa un sourire à la pensée de son amie, par trop sentimentale, qui dévorait des romans d'amour comme d'autres se gavent de gâteaux.

— Qu'est-ce qui vous fait sourire ? demanda Thomas.

— Rien… Sauf peut-être le côté puéril de cette situation.

Thomas sourit à son tour. Ce fut comme si un rayon de soleil venait de chasser la pénombre. Subjuguée par la beauté de cet homme, Honorine ne put détacher les yeux du visage radieux de celui qui l'attirait de plus en plus.

— Je… Je dois partir maintenant, bredouilla-t-elle, victime d'un malaise indéfinissable.

— Dommage… Votre compagnie m'est si agréable. Vous êtes toujours la bienvenue chez moi.

L'invitation à peine voilée la fit rougir et elle détourna son visage pour qu'il ne s'aperçoive pas du trouble qu'il provoquait en elle.

— Bonjour, monsieur Fryer, dit-elle en franchissant le seuil de la chapelle.

— Au revoir, madame Honorine.

La porte se referma derrière elle dans un claquement de fouet.

Honorine marcha en direction de la gare et franchit en quelques minutes la distance la séparant de l'endroit où elle avait laissé la carriole. Elle détacha les rênes, releva ses jupes et grimpa sur le banc. D'un savant maniement des courroies de cuir, elle fit tourner l'animal vers la droite avant de lui donner l'ordre de se mettre au pas. Elle emprunta la rue des Cascades en direction du pont de la Société qui enjambait la rivière Yamaska. À plusieurs centaines de pieds sur sa gauche, sur le pont d'acier du chemin de fer, venant en sens inverse, une locomotive crachait une fumée noire et opaque en se dirigeant vers le centre névralgique de la ville. Le cri strident de la sirène remplit l'air, apeurant la jument qui, nerveuse, voulut partir au galop. Honorine réussit à la contrôler et l'attelage continua son chemin en direction de Saint-Liboire.

Honorine songea à la lettre qui était toujours dans son manchon de fourrure.

— C'est pour son bien, se justifia-t-elle à voix haute.

Le visage de Thomas Fryer s'imposa à son esprit alors qu'elle poussait son cheval au trot.

« Il n'est pas marié », indiqua la petite voix maligne.

Honorine sourit. Pour la première fois depuis la mort de William, son cœur battait pour un autre homme.

Chapitre 22

La découverte

La nuit de John avait été peuplée de cauchemars dans lesquels il courait à perdre haleine dans une forêt dense, traqué par une meute de chiens enragés. Il s'était réveillé en sueur, le cœur battant la chamade et l'esprit en déroute.

Depuis quelque temps, le sommeil lui faisait faux bond. Il avait beau boire de l'alcool, tentant de noyer son tourment, rien n'y faisait. Certaines nuits, alors que son protecteur était allé desservir une autre paroisse, il lui était interdit d'allumer le feu dans le poêle afin que la fumée sortant de la cheminée n'alerte pas les villageois. Le froid s'immisçait alors dans la maison, coulait sur le plancher jusqu'à son antre et se propageait inexorablement jusqu'à sa couche, où John dormait vêtu de son manteau, de son chapeau, de ses bottes et de ses mitaines. La paillasse qui l'avait accueilli à son arrivée n'était plus qu'un amas difforme, résultat des longues journées qu'il y passait étendu à ne rien faire d'autre qu'attendre. Les sorties qu'il s'autorisait avant l'arrivée des froidures de janvier étaient désormais restreintes ; les dernières semonces de son protecteur avaient fait leur œuvre.

John n'en pouvait plus d'attendre, tapi comme un rat, et rêvait de liberté.

Dehors, des rayons d'un soleil timide avaient redonné vie à la nature endormie après plusieurs jours d'un temps gris et maussade.

John souleva les couvertures, se leva, étira ses membres engourdis par l'immobilité et le froid et marcha jusqu'au poêle d'où émanait une douce chaleur. Surpris, il se demanda si le curé Boucher était de retour. Il n'avait pourtant pas entendu la porte de la maison s'ouvrir ou se fermer…

Le bruit de la pompe à eau que l'on actionne le mit sur un pied d'alerte. Il se tétanisa. Derrière la cloison, des bruits de pas accompagnés du grattement d'une chaise que l'on déplace sur le plancher le surprirent encore plus. Il entendit alors une voix féminine qui chantonnait.

La femme de ménage…

John chercha quel jour on était. Jeudi…

Il se rappela qu'elle ne venait que le vendredi, quand le prêtre était présent. Pourquoi avait-elle dérogé à son horaire ?

Il voulut se rendre jusqu'à son lit pour s'y étendre en attendant que la visiteuse quitte les lieux. Ce faisant, il marcha sur une planche qui craqua sous son poids.

Dans la pièce adjacente, la voix se tut brusquement.

Terrorisé à l'idée qu'elle découvre sa cachette, il resta sans bouger.

Des pas s'approchèrent et s'arrêtèrent devant le poêle. John comprit que la femme remettait une bûche au bruit de la fonte qui s'entrechoque. Ce qu'il ne vit pas, cependant, c'est qu'elle s'agenouillait et scrutait le dessous du poêle. Elle y aperçut des pieds bottés et déduisit immédiatement que la rumeur circulant depuis plusieurs semaines sur la présence d'un inconnu au presbytère était fondée.

Comprenant qu'elle pouvait être en danger, la femme de ménage se contenta de se relever lentement sans rien dire. Elle replaça la chaise sous la table, laissa le seau à moitié rempli d'eau près du poêle, ramassa ses affaires et quitta les lieux en vitesse.

Quand il eut la certitude qu'il était seul, John sut qu'il n'était plus en sécurité dans cette maison.

— Je dois partir d'ici… marmonna-t-il.

Même si les événements commençaient à devenir de l'histoire ancienne et même si les journaux n'affichaient plus sa photo, sa tête était toujours mise à prix : il devait demeurer sur ses gardes. Il ne connaissait rien de ce pays, de cette région surtout. Où irait-il ? Qui voudrait l'héberger ?

La porte de la maison s'ouvrit à nouveau.

— C'est moi, lança Charles Boucher, comme il le faisait chaque fois pour annoncer son arrivée à son locataire.

À ce signal, John sortit immédiatement par la porte camouflée dans la cloison et se présenta devant le prêtre.

— Que faites-vous ici ? Nous ne sommes que jeudi, lui indiqua-t-il.

— Quelqu'un m'a avisé que la femme de ménage venait aujourd'hui. Je me suis dépêché pour arriver avant qu'elle…

— Elle est déjà passée… l'interrompit John.

— Vous a-t-elle vu ou entendu ? s'inquiéta Charles.

— Je ne sais pas. Elle a quitté très rapidement les lieux.

— Elle sait… souffla le prêtre.

Visiblement nerveux, le curé se mit à arpenter la cuisine.

— Je ne peux plus vous garder ici.

John ne disait mot, attendant que son hôte trouve une solution à leur problème.

— Ma cousine tient une maison de pension à Saint-Hyacinthe. Je vais vous y conduire sur-le-champ.

Ramassez vos affaires. Mon attelage est prêt. Dépêchez-vous !

John se prépara en un rien de temps. Les deux hommes quittèrent les lieux avant que les paroissiens n'envahissent les rues du village.

Il était onze heures quand la carriole de Charles Boucher stoppa devant le 93 de la rue Mondor. Il en descendit, attacha les rênes de son cheval et frappa à la porte de la propriétaire des lieux.

— Vous serez bien, ici… Le temps que je contacte le père Lapierre qui vous a confié à moi, expliqua-t-il à son protégé.

La porte s'ouvrit. Une femme d'un certain âge, rondelette à souhait, les accueillit.

— Charles ! Qu'est-ce qui me vaut l'honneur de si bonne heure ?

— J'ai un service à te demander, commença le curé.

— Mais entrez ! Il fait un froid de canard ! Venez vous réchauffer !

Charles s'exécuta, John sur les talons.

À l'intérieur, l'ameublement simple était agrémenté de bouquets de fleurs séchées cueillies à même le jardin situé derrière la maison de chambres et qui embaumaient l'air d'un agréable parfum. Une catalogne multicolore s'allongeait sur le plancher, étouffant le bruit des pas. Sur le mur de droite, un large miroir refléta un moment le visage des visiteurs.

Pour la première fois depuis sa réclusion au presbytère de Saint-Liboire, John put voir son image grandeur nature. Du bout des doigts, presque hésitant, il toucha sa barbe fournie, ses cheveux longs lui tombant sur les épaules, les cernes sous ses yeux. Il se trouva méconnaissable. Rien de comparable avec le jeune homme au visage angélique, affichant une barbiche à l'impériale à la mode et un air assuré qui avait quitté Baltimore quelque dix mois plus tôt. Il se trouva vieilli. Vieilli et fatigué…

Où étaient donc passés ses rêves ? Celui d'un pays libéré des entraves d'un gouvernement dictatorial ? Celui de voyages et de découvertes ? Le goût de la liberté retrouvée lui faisait dorénavant terriblement défaut. Le jeune paria ressentait un profond besoin de dépaysement.

Il souhaitait ardemment que sa quête l'entraîne dans des aventures qui lui offriraient enfin le droit de vivre pleinement. La prudence qui avait guidé sa vie jusque-là ne revêtait plus qu'un pâle attrait. L'avenir ne lui proposait qu'une existence de traîne-misère ; il voulait le défier d'abord, le contrôler ensuite. Cette marotte avait germé pendant les heures de solitude qui avaient été son lot depuis trop longtemps maintenant. À en devenir une obsession…

— Vous êtes chanceux, il ne me reste que deux chambres, précisa la propriétaire en les entraînant dans l'escalier menant à l'étage.

En haut de l'escalier, elle emprunta le petit couloir jusqu'à la porte située à l'extrême droite, sortit une clé de la poche de sa jupe et ouvrit.

— C'est ma plus grande. Ma plus chère aussi.

— Peut-on voir l'autre ? demanda aussitôt Charles Boucher.

— Bien sûr. Mais je vous avertis, la fenêtre donne directement sur le mur de la maison voisine. Il n'y a pas une belle vue sur le mont d'or comme dans celle-ci, précisa-t-elle.

Sans y être invité, John se dirigea vers la fenêtre. Il écarta le rideau et examina le paysage qui s'y encadrait. Plusieurs arbres se dressaient sur ce petit promontoire qui avait tiré son nom de la multitude de pissenlits qui y fleurissaient le printemps venu.

— Carl ?

La voix du prêtre le fit se retourner.

— Celle-ci est trop chère, lui dit-il en anglais.

Le jeune Américain quitta à regret cette chambre où il aurait bien voulu habiter, le temps au moins de chercher refuge ailleurs. Il suivit les cousins jusqu'à une chambrette sans charme, sorte de grand placard n'ayant pour ameublement qu'un lit, une table de chevet, une chaise, un pot de chambre et une patère.

John alla vers la minuscule fenêtre et en ouvrit les rideaux d'un geste brusque. Devant lui s'étirait un mur de briques rouges percé de deux fenêtres.

— Ça sera parfait ! conclut Charles Boucher.

Après avoir empoché l'argent pour un mois de location, la tenancière de la maison de chambres quitta les lieux.

— Vous pouvez vous installer tout de suite, dit le curé.

— J'aurais préféré l'autre chambre, déclara John.

— C'est trop dangereux qu'un passant vous aperçoive par la fenêtre.

— Je serai discret.

— Vous avez été assez imprudent par le passé pour que je m'inquiète de votre sécurité. Cette chambre est moins exposée que celle située à l'ouest. De toute façon, ce n'est que pour quelques semaines, tout au plus. Le temps de contacter le père Lapierre…

Venant du rez-de-chaussée, la voix de sa cousine l'interpella :

— Charles ? Tu prendras bien un thé avec moi ? Ça fait tellement longtemps qu'on s'est vus.

— Avec plaisir ! J'arrive !

Le curé se tourna vers John, le bénit et lui remit des médailles de la Vierge.

— Je vous contacterai en temps et lieu. Soyez prêt !

Il prit congé de son protégé sans se retourner.

John referma la porte de la pièce dans laquelle, il l'espérait ardemment, il ne demeurerait que peu de temps.

Chapitre 23

Le désaveu

L'hiver s'amplifiait, laissant dans son sillage des routes enneigées et impraticables qui gardaient reclus dans leurs chaumières les habitants qui rêvaient déjà de soleil, de chaleur et de liberté.

Il était midi quand Donatien enleva ses raquettes devant le perron des veuves Bergeron. En ce mardi 14 février, jour de la Saint-Valentin, il était en droit de venir demander à Honorine quelles étaient ses intentions en vue du mariage pour lequel elle n'avait toujours pas précisé de date.

Tout autour, des monticules de neige changeaient le paysage habituellement plat.

Depuis la mort de sa mère, Donatien avait espacé ses visites chez Honorine. Il en avait plein les bras avec les soins quotidiens à donner aux animaux de la ferme, prisonniers dans les bâtiments battus par les bourrasques de neige, et les multiples réparations à effectuer sur les instruments aratoires.

Même si Babette faisait de son mieux pour remplacer Imelda, sa sœur cadette arrivait avec peine à entretenir la maison. Elle n'avait pas l'expérience de cuisinière de sa mère et les orphelins devaient souvent se contenter de pièces de viande trop cuites ou de pains qui n'avaient pas levé.

— Il va te falloir une femme ! Où en sont tes fréquentations avec la jeune veuve Bergeron ? avait réitéré le curé Boucher, lors d'une de ses nombreuses visites chez les Rompré.

— Elle a pas encore fixé de date, avait simplement répondu Donatien.

— Alors il est temps que ce soit toi qui le fasses !

Donatien avait hoché la tête, incertain.

Lors de la dernière soirée passée en compagnie de la belle, il l'avait trouvée différente. Distante, même… Elle s'esquivait vers la cuisine, prétextant aller y chercher un verre d'eau ou un plateau de biscuits qu'elle rapportait au petit salon qui demeurait froid parce que trop loin du poêle. Elle parlait peu, gardant ses mains jointes sur ses cuisses, ses yeux baissés, comme si elle avait quelque chose à se reprocher.

Donatien ne savait plus comment aborder cette femme cultivée, qui l'entretenait parfois de sujets dont il ne se souciait guère, comme celui de la Confédération qui faisait la une de tous les journaux. Il lui parlait plutôt de son travail, de la neige qui ne cessait de s'accumuler au pied des érables qu'il entaillerait à la fête de Saint-Joseph. Mais Honorine l'écoutait d'une oreille distraite, hochant la tête sans grand intérêt.

— Donatien ! Qu'est-ce que tu viens faire ici à cette heure ? dit Honorine en ouvrant la porte.

— Je dois te parler.

Donatien entra et resta, comme à son habitude, debout sur le tapis tissé.

— J'ai besoin que tu me donnes une date pour le mariage, lança-t-il.

Honorine baissa le front. Elle s'attendait à cette demande.

— J'ai été très patient, mais maintenant, je peux plus attendre. Avec maman morte, j'ai besoin d'une femme pour m'aider à prendre soin de ma famille.

Cette fois, Honorine releva la tête et le fixa droit dans les yeux.

— Je te remercie pour ta patience, commença-t-elle.

Elle se tut pendant que Donatien, suspendu à ses lèvres, pressentait le pire.

— J'ai beaucoup réfléchi et…

Honorine déglutit avec peine, anticipant la réaction de celui dont les projets de vie seraient rejetés du revers de la main.

— Je ne peux pas t'épouser.

Donatien ouvrit la bouche et la referma aussitôt. Il baissa la tête à son tour, tentant de mater la colère qui montait en lui.

Il avait attendu tout ce temps pour se faire répondre de la sorte.

— Tu peux pas ou veux pas ? dit-il enfin en la dévisageant.

— Je ne peux pas.

— Donne-moi une seule raison valable pour que je te croie.

— Je… Je ne t'aime pas…

Donatien ressentit un coup de poignard en plein cœur.

— Je le sentais depuis le début, commença-t-il.

— J'ai cru éprouver de l'amour pour toi, mais ce n'était que de l'amitié…

— Dis plutôt que tu t'es bien servie de moi pour faire les travaux de la ferme à ta place !

— Ce n'est pas vrai et tu le sais ! Je ne t'ai jamais rien demandé ! s'insurgea-t-elle.

— Peut-être, mais ça t'arrangeait bien d'avoir un homme à portée de la main.

— Je n'ai jamais pensé une seule seconde profiter de ta bonté et de ta gentillesse.

— C'est pourtant ce que tu as fait en me laissant croire que tu te marierais avec moi.

— Je ne t'ai rien promis.

— Et les fiançailles ? C'était quoi pour toi ?

Honorine leva sa main gauche, en retira la bague ornée d'un zircon, cadeau de son futur fiancé, et la lui tendit.

— Nous ne sommes plus engagés, désormais.

Fou de rage, Donatien s'en empara et, pivotant sur ses talons, ouvrit la porte toute grande. Il sortit au moment où Euphrasie faisait irruption dans la cuisine.

— Il est parti ? interrogea-t-elle.

— Oui.

— Tu lui as dit ?

— Oui…

— Je t'avais prévenue qu'on laisse pas un homme se languir de même. T'aurais dû lui avouer que tu l'aimais pas dès le début.

— Je sais. J'aurais dû…

— M'est avis qu'on le verra plus dans les parages, dit Euphrasie en s'installant dans la chaise berçante placée près du poêle.

Honorine se dirigea vers la table où elle reprit la place qu'elle occupait avant l'arrivée impromptue de son soupirant. Elle se remit à trier les fèves blanches qui seraient mises à tremper tout l'après-midi avant d'être déposées dans le pot de terre cuite où, assaisonnées de mélasse, d'oignons, de morceaux de lard, de sel et de poivre ainsi que d'une branche de thym, elles cuiraient toute la nuit à feu lent dans le fourneau.

Malgré la peine d'avoir perdu un ami, Honorine était soulagée de ne plus faire semblant. Sa dernière rencontre avec Thomas Fryer lui avait révélé qu'elle n'aimait pas Donatien. Pas de cet amour qui donne des papillons dans le ventre et qui met des étincelles dans les yeux. Pas comme l'amour qu'elle avait éprouvé pour William.

Le soir, avant de s'endormir, le doux visage du pasteur s'imposait à elle. Le son de sa voix la berçait en songe et elle se réveillait avec la triste impression qu'elle ne le reverrait plus qu'en rêve. Lorsqu'elle se rendormait enfin après avoir séché ses larmes, le sourire de Thomas Fryer prenait alors toute la place. L'envie irrépressible de le revoir lui procurait une joie indicible. Le matin trouvait Honorine ragaillardie à cette idée et elle vaquait machinalement à ses occupations quotidiennes en planifiant ses prochaines visites à la chapelle où elle souhaitait le croiser.

La jeune veuve n'avait plus remis les pieds chez Cordélia, de peur de devoir lui avouer ne pas avoir rempli la mission qu'elle lui avait confiée. La pauvre devait d'ailleurs se languir de ne recevoir aucune nouvelle de l'évêque. Honorine s'en voulait de sa traîtrise, mais l'attrait qu'elle ressentait pour le pasteur protestant avait supplanté la loyauté dont elle avait toujours fait preuve auparavant.

« Ce n'est pas de l'attrait, c'est de la passion... », la contredisait sa petite voix.

Honorine n'avait plus qu'une envie : se blottir au creux des bras de celui qui hantait désormais ses nuits solitaires.

— Ça va, ma fille ? interrogea Euphrasie.

— Ça va... Pourquoi me demandez-vous ça ?

— T'as l'air songeuse.

— Je suis malheureuse d'avoir fait de la peine à Donatien. J'aurais aimé le garder comme ami.

Euphrasie prit son tricot. Armés d'aiguilles, ses doigts s'activèrent.

— Les hommes sont pas nos amis. Ils sont nos pères, nos époux, nos fils, mais jamais nos amis. Ils s'invitent dans nos cœurs en amis, au début, mais quand le désir les tenaille, l'amitié tient plus.

Elle soupira et se concentra sur les mailles de son tricot. Dans la cuisine, seul le crépitement des bûches dans le poêle brisait le silence.

— Maintenant qu'on a plus personne pour nous aider sur la ferme, va falloir vendre, déclara Euphrasie.

Surprise, Honorine leva les yeux vers sa mère.

— On a plus le choix ! ajouta celle-ci.

Elle fixa sa fille et sourit.

— On va enfin aller vivre en ville, toi et moi, dit-elle joyeusement.

Honorine lui adressa un sourire mi-figue, mi-raisin. Bien que la perspective de quitter Saint-Liboire s'imposât, l'aventure s'avérait compliquée. Quelles étaient les possibilités pour des veuves de transiger elles-mêmes, sans l'accord d'un homme, la vente de la ferme reçue en héritage légitime ? Comment la loi définissait-elle leur droit à la propriété, mais aussi celui de signer des papiers légaux, surtout depuis l'application récente du Code civil ?

— Demain, tu iras au bureau du notaire Giard, à Saint-Hyacinthe. C'est lui qui s'occupe de mes affaires. Tu lui diras que je suis prête à vendre.

— Il est déjà au courant ?

— Ça fait un bout de temps que ce projet-là me trotte dans la tête, avoua sa mère.

— Et si personne n'est intéressé à acheter ?

— Ça m'étonnerait. C'est une bonne terre. Il y a des clôtures à installer ou à réparer, mais rien de bien important qui ne puisse être fait par quelqu'un désireux d'entretenir son bien.

— Comme Donatien…

— Comme Donatien, répéta Euphrasie.

Elle se redressa, fixant sa fille d'un air entendu.

— M'est avis qu'il sera le premier intéressé.

— Avec tout le fardeau qu'il a sur les bras depuis la mort de sa mère, je ne vois pas comment il pourrait s'occuper d'une ferme supplémentaire, précisa Honorine.

— Peut-être que oui, peut-être que non…

Euphrasie reprit son tricot. Après un moment, elle continua :

— Le père Prévost, à deux milles d'ici, m'avait déjà mentionné avoir projet d'acheter pour son fils cadet, vu qu'il laisse sa terre à son aîné, comme le veut la loi. Puis il y a aussi le jeune Laplante qui vient de se marier…

— On pourrait annoncer notre désir de vendre au curé Boucher. Avec sa volonté d'accueillir plus de familles afin que la paroisse grossisse et qu'il puisse enfin faire construire son église et son presbytère, la nouvelle va se propager comme un vent de tempête.

Euphrasie éclata d'un rire franc.

— Tu viens de désigner le meilleur homme pour nous trouver un acheteur !

— Je suis certaine que ça ne prendra pas beaucoup de temps avant qu'on doive déménager d'ici, dit Honorine.

À la perspective de quitter la maison familiale, la jeune femme eut un léger pincement au cœur. Des souvenirs heureux resurgirent dans sa mémoire, se mêlant à d'autres, plus tristes.

— Ça ne vous fait rien de quitter cette maison ? demanda-t-elle.

Euphrasie leva le front vers sa fille.

— J'y ai passé plus de trente ans. Je te mentirais si j'affirmais que ça me fait rien de partir d'ici. Mais depuis ton départ et la mort de Gérald, j'ai fait que travailler, sans cesse. J'ai maintenant le droit de me reposer et de jouir un peu de la vie.

Elle fit une pause et écrasa une larme au coin de son œil droit.

— Maintenant que tu es revenue, je suis contente. Je suis plus toute seule… Et je sais que ma vie, comme la tienne, doit prendre le chemin de la ville.

Honorine sourit à celle qui était devenue plus qu'une mère : une confidente et une amie.

Rassurées de savoir que l'avenir qui se présentait à elles serait favorable, les deux veuves continuèrent leur besogne, le cœur léger.

Demain s'annonçait heureux.

Chapitre 24

Jalousie

La froidure s'éternisait, gardant prisonniers les habitants qui préféraient la chaleur de leur demeure à de longs voyages en carriole pour aller faire des emplettes en ville. Honorine avait envisagé d'atteler la jument pour aller chez le notaire, mais s'était résignée à prendre le train à la gare la plus proche.

La jeune femme avait adoré se mêler aux quelques voyageurs venus des villages avoisinants et dont la destination finale lui était inconnue. Elle se plaisait à les observer du coin de l'œil, notant leurs vêtements, leurs coiffures, l'attitude un peu blasée des uns, détendue des autres. Elle s'était attardée à la contemplation d'une jolie petite fille d'à peine trois ans qui demeurait sagement assise entre son père et sa mère. Des boucles blondes s'échappaient de son bonnet de laine rose. Ses menottes s'agitaient parfois, comme si elles dansaient sur une musique entendue d'elle seule.

Quand la petite l'avait fixée de ses grands yeux bruns, Honorine avait soutenu son regard en souriant. La fillette lui avait souri en retour.

Telle une bourrasque de tempête, elle avait eu une folle envie de la prendre dans ses bras, mais s'était retenue. Honorine avait baissé le front et joint ses mains gantées sur ce ventre qui demeurerait vide à tout jamais. Des larmes avaient brillé au coin de ses yeux et elle avait dû se faire violence pour ne pas pleurer.

« Et s'il y avait encore un espoir ? », avait murmuré la petite voix au fond d'elle-même.

Honorine ne croyait pas aux miracles. Elle avait perdu cette conviction depuis la mort de son cher William. Personne ne pouvait prévoir ce que le destin avait tracé pour chaque humain. Personne ne pouvait prétendre savoir l'avenir non plus.

Honorine ne releva la tête qu'à l'entrée du train en gare de Saint-Hyacinthe. À l'image des autres passagers, elle ramassa à la hâte les effets qu'elle avait déposés sur le banc près d'elle. Elle empoigna d'abord son sac à main avant d'emprisonner les courroies d'un sac de tissu de sa confection dans lequel elle avait placé des œufs et un ouvrage de broderie qu'elle avait cru bon d'apporter pour accompagner Cordélia, qui aimait bien broder en sa compagnie.

Le train ralentissait en même temps que le conducteur agitait la cloche. Honorine jeta un regard par la fenêtre sur laquelle un léger frimas avait dessiné des arabesques diaphanes.

Sur le quai, des livreurs se massaient, prêts à placer sur leurs charrettes, qui attendaient non loin, des vivres destinés à nourrir la population de cette ville qui s'agrandissait sans cesse. Elle vit aussi les employés des différents hôtels qui se faisaient une compétition féroce afin de ramener, en un temps record, des clients potentiels. C'était une véritable course entre les conducteurs des véhicules qui, au grand dam des citadins, rendaient dangereuse la circulation des piétons et des cyclistes.

Honorine se leva et talonna les autres passagers dans l'allée étroite. Quand elle mit le pied sur le quai, le froid la surprit et elle remonta le col de son manteau. Sans attendre, elle emprunta les rues la menant à la maison du notaire, dans laquelle elle s'engouffra après y avoir été invitée.

Non loin, appuyé contre la porte en bois de la cathédrale, Donatien l'aperçut.

Il avait su par le curé Boucher qu'Honorine avait pris le train pour se rendre à Saint-Hyacinthe. La curiosité, mais surtout la jalousie qui le titillait, l'avait poussé à atteler la carriole afin de faire le trajet jusqu'en ville, malgré le froid qui lui glaçait les os.

Le soupirant n'avait pas encore digéré le refus de la belle et il comptait bien savoir pourquoi elle l'avait éconduit de la sorte ; l'idée qu'elle puisse offrir son amour à un autre le tiraillait, lui faisant broyer du noir alors que ses journées s'allongeaient, monotones, du lever du jour au coucher du soleil.

Pour la première fois de sa vie, Donatien vivait une peine d'amour immense. Il lui arrivait, la nuit, de se réveiller, confus de désir. Il se forgeait alors des rêves à la démesure de cette flamme qui ne le quittait plus. Il imaginait tenir dans ses bras celle qui lui avait refusé le droit au bonheur, sentant son parfum, sa peau se dévoilant sous ses caresses, sa main glissant sur son bas-ventre pour atteindre l'ultime lieu de sa jouissance. Il se repaissait des courbes voluptueuses de ses hanches qui se balançaient lentement. Il la rêvait se donnant à lui, l'entourant dans un mouvement ample et souple de ses jambes. Abandonnée enfin…

Dans la rue en face de l'édifice, des carrioles passaient.

Frigorifié, Donatien comprit qu'il ne pourrait demeurer plus longtemps sur le parvis de la pro-cathédrale sans devenir victime d'engelures. Il souffla sur ses doigts gourds et tapa dans ses mains pour les réchauffer. Il jeta à nouveau un regard vers la maison dans laquelle il avait vu Honorine disparaître. Ne sachant pas qui y habitait, il imagina un nouveau prétendant. Cette idée décupla sa jalousie et, s'il n'avait craint de se couvrir de ridicule, le jeune fermier serait allé frapper à la porte.

Résigné à ne pas savoir, Donatien quitta les abords de l'église, emprunta la rue Girouard, passa devant le couvent des religieuses de la Présentation de Marie, dévala la côte de la rue Bourdages en courant, tourna à gauche rue des Cascades et alla se réchauffer dans la taverne située au coin de la rue Saint-Joseph.

Quand Honorine sortit de chez le notaire, Donatien était déjà hors de portée de vue.

La rencontre avec le tabellion avait été on ne peut plus satisfaisante et la jeune Bergeron en ressortit soulagée et convaincue que la vente de la ferme demeurait la meilleure solution pour sa mère et elle. Maître Giard lui avait confirmé que le statut de veuve, manquant de clarification et de précision dans le Code civil, leur conférait des droits que les femmes célibataires ou mariées n'avaient pas. Euphrasie possédait la terre en bien propre depuis la mort de son mari. À sa mort, la terre reviendrait en héritage à sa fille unique.

— Vous pouvez vous compter chanceuses… Peu de femmes jouissent d'une pareille situation, avait dit le clerc.

Honorine avait hâte de retrouver Cordélia et de lui rapporter les paroles du notaire. C'est le cœur léger qu'elle se rendit chez son amie, qui l'accueillit avec allégresse malgré son chagrin.

— Tu as bien remis la lettre à l'évêque ? s'enquit Cordélia aussitôt qu'elles furent réunies dans la chambre de celle-ci.

— Oui, mentit Honorine.

— Je ne comprends pas pourquoi il ne m'a pas répondu, s'alarma son amie.

— L'évêque a sûrement d'autres dossiers plus importants à gérer.

— Ou simplement l'a-t-il jetée à la poubelle, se tourmenta Cordélia.

— Peut-être… J'imagine que tu n'es pas la seule personne à vouloir apostasier.

— J'imagine que non.

Cordélia soupira et lui offrit l'ombre d'un sourire.

— Je vais lui en écrire une autre.

Honorine fronça les sourcils et secoua la tête pour marquer sa désapprobation.

— Je ne crois pas que ce soit une bonne idée, tenta-t-elle.

— Et pourquoi pas ?

— Ça risque de l'impatienter…

— Il y verra certainement un réel désir d'apostasie et non un simple caprice de ma part.

— Peut-être, mais…

— Un jour, Thomas, pendant un prêche, a raconté l'histoire de l'homme qui, le soir, va frapper à la porte de son voisin pour lui demander une tasse de sucre, coupa Cordélia. La première fois qu'il va ouvrir, le voisin lui répond : "Tu viens me réveiller pour une tasse de sucre ? Retourne chez toi et ne me dérange plus !" L'homme repart et revient au bout de quelques minutes pour demander, une deuxième fois, une tasse de sucre. Le voisin la lui refuse encore. Il tente une troisième et une quatrième fois de le convaincre de lui donner du sucre.

— Il est tenace…

— Justement, la quatrième fois, pour ne plus se faire déranger, le voisin lui donne la tasse de sucre demandée, compléta son amie.

— Et ?

— La morale de cette histoire est que, en insistant, on réussit toujours à avoir ce qu'on veut, conclut Cordélia.

Ragaillardie par cette idée, la jeune femme alla s'installer à son écritoire en bois d'érable, sortit une feuille de papier, ouvrit l'encrier et y trempa le bout de la plume d'oie.

— Cette fois, ça sera la bonne, j'en suis certaine, s'exclama-t-elle, confiante.

— Comment peux-tu en être certaine ?

— Je le sens…

Cordélia déplia une feuille et la plaça sur le côté. Puis elle sortit une autre feuille, blanche cette fois, et rédigea de nouveau sa lettre.

— En ce jour du 26 février 1866… commença-t-elle à voix haute.

Honorine attendit sans dire un mot, impatiente de quitter Cordélia, qu'elle trouvait de plus en plus entêtée.

Quand elle eut fini, Cordélia souffla légèrement sur l'encre, plia le papier, prit une enveloppe dans un tiroir sous l'écritoire et y enfouit la lettre qu'elle cacheta. Elle se retourna ensuite vers Honorine, qui attendait sagement, toujours assise sur la chaise près de la desserte sur laquelle traînaient maintenant les tasses de thé vides.

Cordélia marcha vers elle et lui tendit la missive.

— Je compte sur toi pour aller porter cette lettre à l'évêque en personne.

— Moi ? Mais pourquoi n'y vas-tu pas ? Et puis, penses-y un peu, l'évêque ne me recevra jamais ! Il a bien d'autres choses à faire que de recevoir les étrangères à l'évêché.

Dépitée par le refus de son amie, Cordélia baissa le bras.

— Si je pouvais le faire toute seule, je le ferais. Si tu me demandais pareil service, je le ferais sans hésiter.

Gênée par cette remontrance, Honorine tendit la main à contrecœur.

— Je vais faire mon possible pour la lui remettre en personne.

— Merci ! s'exclama Cordélia en lui donnant la lettre.

Honorine se leva.

— Si je dois faire un détour par l'évêché, mieux vaut que j'y aille maintenant. Je ne voudrais pas rater mon train.

— Comme je t'envie de pouvoir aller et venir où et quand tu veux !

— Tu as tort de croire que je suis aussi libre ! Il y a maman…

— Mais elle n'a plus la même autorité sur toi, maintenant que tu es veuve.

— C'est vrai que je peux décider à ma guise, mais je lui dois quand même respect…

— … mais pas obéissance, compléta son amie.

— C'est vrai. Je n'ai à obéir à personne, pour le moment.

Cordélia la dévisagea d'un air perplexe.

— Que veux-tu dire par là ?

— Que je ne demeurerai pas veuve toute ma vie.

— Ne me dis pas que tu vas revenir sur ta décision et épouser Donatien ?

— Non, car je ne l'aime pas… Mais je dois quand même songer à me marier un jour. Connais-tu une autre alternative pour nous, les femmes ?

— Hélas, non…

— Mais tant et aussi longtemps que je vivrai avec maman, je ne suis pas pressée.

Honorine fixa le joli minois de sa compagne et lui lança un clin d'œil taquin.

— On ne peut pas dire la même chose de toi.

— Que dis-tu là ?

— Qu'il ne suffirait que d'un mot de Thomas Fryer pour que tu lui offres, sur un plateau d'argent, ton respect et ton obéissance aveugle, la taquina-t-elle volontairement.

Cordélia donna une tape sur l'avant-bras de son amie et éclata d'un rire cristallin.

— Ne te moque pas de moi ! Tu sais bien que je suis follement amoureuse de lui !

— Je sais. Pardonne-moi…

Les deux amies rirent en chœur un moment avant de s'étreindre.

— Je dois y aller maintenant, dit Honorine en se détachant.

— Oui, mais promets-moi de revenir très vite !

— Je te le promets !

Honorine prit enfin congé de sa meilleure amie, la deuxième missive bien calée dans la pochette de son manchon. Elle quitta la maison de la rue Girouard sans que Céléna ou Auguste l'aient saluée.

Honorine marcha en direction de l'évêché, emprunta la grande allée conduisant à l'entrée de l'imposant édifice, grimpa les marches, actionna le carillon d'entrée et attendit en se dandinant sur un pied et sur l'autre tellement le froid était cinglant. La porte s'ouvrit enfin et une religieuse s'y encadra.

— J'ai une lettre pour l'évêque, annonça Honorine.

— Monseigneur est absent. Donnez-la-moi et je la lui remettrai dès qu'il sera de retour, dit la nonne.

Honorine hésita une seconde. Elle ne pouvait se soustraire une nouvelle fois à sa promesse.

— N'oubliez pas de la lui remettre en main propre. C'est très important, précisa Honorine en tendant la lettre.

— Soyez sans crainte, la rassura la nonne.

Honorine quitta les lieux sans attendre.

Le train ne devait arriver en gare que deux heures plus tard et Honorine crut commode d'aller au marché afin d'y acheter quelques provisions avant de faire une rapide visite à la chapelle protestante, dans l'espoir secret d'y voir Thomas Fryer. Elle marchait sans se soucier du froid qui lui piquait les joues, trop absorbée par la joie qui l'habitait à la seule idée de revoir le pasteur.

À quelques centaines de pieds derrière elle, arrivant au haut de la côte de la rue Mondor menant à la gare, Donatien apparut. Malgré son esprit embrumé par l'alcool qu'il avait bu à la taverne, il reconnut immédiatement la démarche de celle qu'il aimait et haïssait tout à la fois. Il décida de la suivre à distance raisonnable, convaincu que, cette fois, il saurait la vérité.

Chapitre 25

Le héros

Cloîtré dans sa chambre de la rue Mondor, John broyait du noir. Il tournait en rond comme un fauve en cage, cherchant une issue à son désœuvrement. Le froid des derniers jours le gardait prisonnier de la pension de la dame Moisan et, malgré la meilleure volonté du monde, le fugitif n'arrivait pas à se départir de cette inactivité qui lui pesait de plus en plus. Il était d'une humeur massacrante et un rien l'exaspérait. Pour tromper son ennui, il s'assoyait souvent à la fenêtre, cherchant dans la façade de pierres du bâtiment voisin une raison à sa vie.

Ce matin-là, il avait bravé le froid pour aller assister à l'office, à la pro-cathédrale. Il s'y était rendu presque à l'aube et avait pris place sur un banc à l'arrière de la nef. Il en avait profité pour observer les autres fidèles et s'était amusé à porter des jugements sur ces gens qu'il ne connaissait pas.

Quelques jours plus tôt, alors que le sommeil lui faisait faux bond, profitant de la nuit tombée, John s'était aventuré dehors. Ses pas l'avaient conduit dans les quartiers déserts de la basse-ville. Un gros chien s'était arrêté à quelques pas de lui et l'avait fixé de ses prunelles brillantes. John était demeuré coi, craignant qu'un seul mouvement n'excite le mastiff dont les aboiements alerteraient inévitablement quelque curieux. L'animal était venu le flairer avant de repartir de sa démarche lourde.

Le paria avait rebroussé chemin, emprunté cette fois la rue Sainte-Marie pour aboutir rue Girouard. Il avait comparé l'architecture des maisons cossues des notables à celle des pauvres de la basse-ville, comprenant que même ici, au Canada, l'injustice et l'iniquité prédominaient.

— Je ne vais quand même pas me cacher toute ma vie… grommela-t-il, allongé sur son lit.

Depuis son départ des États-Unis, John n'avait jamais osé se mêler à la foule. Il fuyait tout rassemblement qui aurait pu le mettre en danger d'être reconnu.

— Ça fait maintenant dix mois que Booth a été capturé et ses complices pendus. Les gens ont déjà oublié cette histoire… marmotta-t-il encore dans le silence de sa chambre.

Dehors, le bruit des roues des charrettes accompagnait les voix des passants se pressant vers la rue des Cascades.

John jeta un coup d'œil à sa montre de poche. Il était presque onze heures. Curieux, l'Américain endossa son manteau, mit son chapeau, attrapa ses gants de peau de cerf et quitta les lieux en quatrième vitesse, bien décidé, cette fois, à tenter sa chance et à se mêler aux citadins.

Lorsqu'il mit le pied sur le trottoir qui longeait la rue que la dernière averse de neige avait rendue boueuse, il fut surpris par un jeune enfant sollicitant l'attention de sa mère en poussant des petits cris aigus. Celle-ci avait répliqué aussitôt en agitant sous le nez du bambin un index furibond tout en l'invectivant. John s'éloigna de la mère et de l'enfant qui s'était mis à pleurer. Il voulut traverser la rue et s'arrêta net, s'écartant pour éviter une carriole qui dévalait la pente à toute vitesse. Décidément, quelque chose de spécial animait la ville. John demeura immobile un moment, se demandant s'il devait, ou non, s'exposer de la sorte.

« Qui peut te reconnaître ici ? Personne ne s'intéresse vraiment à l'histoire des autres… », le rassura sa voix intérieure.

John quitta les abords de la maison de chambres et marcha résolument vers la rue principale où les commerçants ouvraient leurs échoppes. Il se rendit jusqu'au marché, où une foule s'agglomérait. Il s'y mêla, prenant bien soin de baisser le rebord de son large chapeau de feutre sur son front. Il se posta en retrait, le dos appuyé contre le mur d'un édifice abritant l'atelier d'un sellier et attendit.

Des badauds se massaient devant le magasin général. Ils regardaient en direction de la rue des Cascades où, sur les trottoirs de bois, des curieux attendaient. Venant du pont, des vivats s'élevèrent de la foule qui encadrait un homme à cheval. John remarqua qu'il portait l'uniforme du troisième régiment de la cavalerie provisoire de New York.

— Qui c'est, cet homme ? demanda une femme à l'homme à ses côtés.

— C'est le capitaine Doherty. C'est lui qui a capturé le meurtrier de Lincoln, répondit celui-ci.

Le nom du président défunt alerta John qui se redressa, prêt à prendre la fuite avant que le héros que le peuple acclamait ne puisse le reconnaître. Il fit quelques pas sur sa droite et, avisant une porte cochère non loin, s'y tapit juste à temps.

Le capitaine Doherty passa tout près de lui avant de bifurquer vers le magasin général où son frère se frayait un chemin entre les curieux venus pour l'accueillir.

Tous célébraient la victoire de celui qui, de simple lieutenant, avait été promu capitaine et avait empoché la jolie somme de cinq mille deux cent cinquante dollars. Désireux de demeurer dans l'armée de l'Union malgré la fin des hostilités entre le Nord et le Sud, il était devenu un héros des deux côtés de la frontière.

Soudain animé par le goût du risque, John se fondit dans la foule, persuadé que personne ne verrait en ce jeune homme à la barbe touffue et à la crinière hirsute celui dont la tête était mise à prix dans tous les journaux d'Amérique. Il s'enivrait d'une liberté retrouvée et il alla même se placer tout près de l'endroit où se tenait Doherty, qui saluait la foule de la main.

Une jeune femme prit soudain place à ses côtés.

John reconnut aussitôt celle que le hasard mettait invariablement sur sa route. Il se raidit d'abord, rentra la tête dans ses épaules, prêt à fuir.

— Il y a foule aujourd'hui… osa Honorine, exprimant tout haut ce qu'elle pensait tout bas.

Cette fois, John afficha un air peu affable, soucieux de ne pas entretenir une conversation avec celle qui pouvait mettre sa sécurité en péril. Il demeurait muet afin que le lourd accent dont il était affublé quand il parlait français ne dévoile pas son identité aux autres personnes présentes. Il jeta un coup d'œil vers le capitaine Doherty, qui entrait dans le magasin général après avoir salué, une dernière fois, les citadins venus l'acclamer. Il pivota ensuite d'un quart de tour, bien décidé à ne pas laisser cette femme le mettre en danger, puis se fraya un chemin parmi les spectateurs qui quittaient les lieux.

Sans aucune autre intention que de se diriger vers la côte de la rue Saint-Denis, Honorine le talonna.

Croyant qu'elle le suivait, John se retourna brusquement pour lui faire face.

Honorine se buta contre son torse puissant et s'il n'avait pas dominé sa colère, John l'aurait laissée choir sur le trottoir sans intervenir. La bienséance le poussa cependant à lui offrir son aide lorsqu'elle faillit tomber. Il la retint solidement par le bras. Le sac de provisions s'échappa des mains de la jeune veuve, vola un moment dans les airs avant de s'échouer dans la rue.

Honorine se précipita afin de récupérer les denrées répandues, John fut aussitôt près d'elle et l'aida à ramasser.

— *I'm sorry*... dit-il en se relevant.

Honorine reconnut la voix de celui qui avait inopinément croisé sa route à plusieurs reprises.

— *It's fine*... répondit-elle à mi-voix.

John l'aida à se relever et lui prit la main.

— *I'm*... Je voudrais... tenta-t-il en français.

Honorine attendit, alors que leurs mains se rencontraient sur une denrée échappée, hypnotisée par les yeux couleur de ciel d'été qui la fixaient.

— Je suis heureux de vous avoir revue, acheva John dans sa langue maternelle.

— *Me too*… répondit Honorine.

Un sourire scella cet aveu mutuel.

— Vous demeurez à Saint-Hyacinthe, maintenant ? demanda la jeune femme.

— Pas pour longtemps. Je dois partir bientôt…

Une calèche passa près d'eux et ils durent se presser contre le mur de la maison toute proche pour éviter d'être éclaboussés par la boue et l'eau de la rue. Ce faisant, ils se rapprochèrent l'un de l'autre. Un sursaut de bonheur surprit le jeune homme, lui rappelant que c'était la première fois depuis longtemps qu'il n'avait été aussi proche de quelqu'un.

— Le train va arriver dans quelques minutes, dit Honorine.

Elle se détacha de la façade, attrapa un pan de sa jupe qu'elle secoua violemment pour en détacher la boue qui collait au bas de celle-ci et releva la tête.

— Je suis contente de vous avoir enfin parlé, avoua-t-elle en relevant la tête vers John qui lui faisait toujours face.

— Moi aussi… Très content…

Le jeune fugitif prit à nouveau la main d'Honorine dans la sienne et la porta à ses lèvres.

— Adieu… murmura-t-il.

Honorine quitta John avec le pressentiment qu'elle ne le reverrait jamais.

Non loin sur le mont d'or, caché derrière un arbre, Donatien, qui les observait depuis un moment, les vit se séparer, la rage au ventre.

Chapitre 26

L'infâme

Sur le chemin du retour, Donatien avait fouetté son étalon avec une vigueur à la mesure de la jalousie qui le torturait. Il avait décidé de se rendre à Saint-Liboire afin d'y cueillir Honorine et de lui offrir de la raccompagner chez elle avant que quelqu'un d'autre ne le fasse. Les vapeurs de l'alcool s'étaient évaporées, or sa colère demeurait. Il fustigeait en silence le comportement de celle qui avait refusé son amour.

Le trajet avait été de courte durée et Donatien s'était félicité d'avoir pu arriver avant le train. Cela lui donnait le temps de se calmer et surtout, de se composer une attitude froide et neutre.

Quand le train s'arrêta pour laisser descendre les quelques passagers, il quitta sa carriole et alla à la rencontre de celle qu'il attendait de pied ferme.

— Donatien ? Que fais-tu ici ? interrogea Honorine en le voyant se diriger vers elle.

— J'avais à faire chez le père Cadorette et j'ai attendu, au cas où quelqu'un du village ou des environs aurait besoin de regagner sa maison.

— C'est très gentil de ta part.

— Quand on peut rendre service…

Il fit une pause et jeta un regard circulaire sur les environs, à la recherche d'une personne à héler.

— Il semble que tu sois la seule, nota-t-il.

— Oui.

— Qui doit venir te prendre ? demanda-t-il encore.

— Personne. Je croyais rentrer à pied.

— C'est beaucoup trop loin. Et il fait si froid ! Laisse-moi te raccompagner, insista-t-il.

Honorine hésita quelques secondes. Quelque chose en Donatien la contrariait. Était-ce son sourire mielleux ? Son regard brillant d'une malice peu coutumière ? Elle n'aurait su le dire. Mais la perspective de devoir marcher jusqu'au village, puis jusqu'à la ferme, la découragea.

— C'est vrai qu'il fait froid… avoua-t-elle.

— Alors, viens !

Sans plus discuter, Honorine talonna Donatien jusqu'à la carriole, où elle prit place sous la couverture.

— Les briques sont plus ben chaudes… s'excusa Donatien.

— Ce n'est pas grave. La route jusque chez moi n'est pas longue.

Donatien commanda au cheval, qui prit la direction de la maison des veuves Bergeron. Il n'osait tourner la tête vers Honorine qui demeurait muette, le regard fixé sur la route glacée par endroits.

À l'approche de l'orée d'un bois, avisant un banc de neige sur sa gauche, Donatien tira d'un coup sec sur les rênes. Le cheval se cabra, la carriole glissa avant de finir sa course dans l'amas de neige. Le choc fut brutal et n'eût été le bras protecteur du conducteur, Honorine aurait été éjectée de la voiture. Donatien quitta son siège pour aller calmer le cheval nerveux. Quand il revint, Honorine, la main sur le cœur, tentait de reprendre son souffle.

— Que s'est-il passé ? souffla-t-elle.

— Le cheval a eu peur, mentit-il.

Donatien fit le tour de la carriole et revint vers sa passagère.

— La voiture est enlisée. Je vais devoir pelleter pour la dégager.

— Je vais t'aider, dit Honorine.

Elle laissa son manchon sur le banc, descendit de la voiture et suivit Donatien derrière l'épais mur de neige dans lequel les patins de la carriole avaient presque complètement disparu. Elle avait à peine contourné le monticule de neige que Donatien fut sur elle, l'emprisonnant contre sa poitrine.

— Qu'est-ce que tu fais ? protesta Honorine.

La bouche de Donatien se plaqua contre la sienne, forçant de sa langue les lèvres de celle dont le cri s'étouffa au creux de sa gorge. Comprenant le traquenard dont elle était victime, Honorine tenta de se débattre avec l'énergie du désespoir. Elle mordit violemment la lèvre inférieure de celui qui osait la traiter de la sorte.

Sous le coup de la douleur, Donatien relâcha son emprise et recula d'un pas, deux doigts sur la plaie sanguinolente.

— Maudite putain ! cracha-t-il. Tu refusais pas le baisemain de cet étranger, pourtant !

Honorine tenta de comprendre les divagations de celui qu'elle ne reconnaissait plus.

— De quoi parles-tu ?

— Je t'ai vue, à Saint-Hyacinthe, avec cet homme…

La jeune veuve, rouge de colère, le fixa d'un œil torve.

— Tu m'épies ? Jusqu'à me suivre partout où je vais ?

Honorine le fusilla du regard.

— Je n'aurais jamais cru ça de toi ! Tu es méprisable !

L'insulte, ajoutée au dédain qu'Honorine affichait, électrisa l'amoureux jaloux qui fondit sur elle comme un vautour sur sa proie. D'un habile croche-pied, il la fit tomber par terre avant de se jeter sur elle de tout son poids.

Sous les baisers et les caresses volés, Honorine ferma les yeux, tentant de conserver son sang-froid, demeurant de glace sous l'assaut. Les mains de Donatien fouillaient maintenant son corsage tandis que ses dents mordaient la chair tendre de son cou découvert. Elle avait froid et chaud en même temps. Son corps se disloquait au rythme de la folie de celui qui n'avait plus en tête que de la posséder. Elle pria William de lui venir en aide ou de l'emmener avec lui dans la mort quand soudain la voix de Charles Boucher s'éleva de l'autre côté du banc de neige.

— Donatien ? Ça va ?

Arrivant en sens inverse pour aller visiter une malade, le prêtre avait aperçu la carriole du jeune Rompré, figée dans une bien mauvaise posture.

— Donatien ? répéta-t-il.

Sortant des ténèbres de sa folie, Donatien se redressa comme si une mouche l'avait piqué. Il prit appui sur ses genoux dans la neige instable et fixa Honorine, qui avait rouvert les yeux. Il lui fit signe de se taire de son index posé en travers de ses lèvres et se dressa sur ses jambes.

— Bonjour, monsieur le curé, s'écria-t-il. Tout va bien !

— As-tu besoin d'aide pour remettre ta carriole sur la route ? demanda encore le prêtre.

— J'ai presque terminé, mentit Donatien.

Honorine voulut bouger, mais, d'un geste autoritaire de la main, le jeune fermier lui intima de rester coite.

— Dans ce cas, je vais continuer ma route vers la maison d'Euphrasie Bergeron. Il paraît qu'elle est très mal en point.

En entendant ces paroles, Honorine se leva et quitta sa cachette, s'affichant aux yeux du prêtre dans ses vêtements couverts de neige et son corsage ouvert.

Le curé écarquilla les yeux de surprise d'abord, de colère ensuite.

— Ma mère est malade ? s'inquiéta-t-elle.

Le regard du prêtre alla de l'un à l'autre des jeunes gens.

— Que faisiez-vous là, tous les deux ? questionna-t-il en lui jetant un regard furibond.

— Il m'a tendu un piège, monsieur le curé. Aidez-moi… commença Honorine.

— Je savais que vous étiez une pécheresse qui attirait les hommes dans ses filets ! la coupa-t-il.

Faisant fi des remontrances du curé, Honorine courut jusqu'à sa voiture, releva ses jupes lourdes de neige fondante et grimpa sur le banc.

— Mon père, je veux que vous me receviez en confession. Tout de suite ! dit-elle en le suppliant du regard.

Interdit devant cette demande, Charles Boucher hésita un moment, puis accepta à contrecœur. Il reporta son attention vers Donatien qui attendait, les bras ballants.

— Je ne peux refuser le sacrement du pardon à une coupable repentante, conclut le prêtre.

Le curé fouetta le dos de son cheval, qui se mit aussitôt en route. Quand Honorine fut certaine d'être hors de la vue de son bourreau, elle laissa libre cours à la terreur qui la submergeait. Pareils à de minuscules sillons de glace translucides, les larmes glissèrent sur ses joues que le froid et la peur avaient rougies.

Près d'elle, le prêtre ne disait mot, se contentant de remercier Dieu de l'avoir conduit jusqu'à ces brebis égarées.

Chapitre 27

Un nouveau départ

— Je ne peux plus rester ici.

Dans la petite chambre, John Surratt tournait en rond devant Charles Boucher, assis sur le lit.

— Je dois partir. Mais je ne sais pas où aller, continua le fugitif.

— Je ne peux pas vous ramener chez moi, commença le prêtre.

— Je ne veux pas y retourner, non plus.

Le curé soupira de lassitude.

La situation de son protégé devenait de plus en plus compliquée. Il avait cru que la présence du fuyard serait passée inaperçue et n'aurait duré que quelques semaines. Hélas ! plus le temps passait et plus le jeune homme n'en faisait qu'à sa tête. Le prêtre savait bien sûr que Carl Armstrong était un nom d'emprunt. Ce qu'il n'anticipait pas, c'était que celui qu'il cachait ne voulait plus de cette vie de reclus que le destin lui imposait.

— Je vais moi-même aller vous mener à La Prairie, chez le père Lapierre. Lui saura, mieux que moi, trouver le meilleur endroit pour vous.

John arrêta ses pas devant la minuscule fenêtre.

— Comprenez que je n'en peux plus de vivre enfermé entre quatre murs, s'excusa-t-il.

— Je comprends très bien…

Le prêtre se leva avec peine, fatigué d'une nuit où il n'avait pu trouver le sommeil.

La veille, au confessionnal, le récit de la mésaventure de la jeune veuve Bergeron l'avait choqué. Il comprenait mal que Donatien Rompré, un garçon si timide, ait pu se laisser aller au point d'attenter à la vertu de cette femme. Néanmoins, le prêtre avait tenté de lui faire comprendre que les actes du pauvre homme avaient assurément été dictés par un amour trop ardent.

— Vouloir abuser d'une femme n'est pas un geste d'amour, monsieur le curé, avait répondu Honorine.

Le prêtre avait poussé un profond soupir, se désolant de cette situation qui ne pouvait que s'envenimer davantage.

— Je ne pourrai jamais pardonner à Donatien ce qu'il m'a fait, avait-elle ajouté, acerbe.

En compagnie de la jeune femme, le curé avait veillé Euphrasie, victime d'un malaise cardiaque peu de temps avant leur arrivée.

Charles Boucher songea un moment à Honorine qui, malgré la désolation dans laquelle l'état de sa mère la plongeait, gardait la tête froide et les idées claires. Il avait admiré sa détermination à tourner la page sur ce malencontreux incident, à la condition de ne plus jamais avoir affaire à celui qui lui inspirait dorénavant le plus grand dégoût.

— Je parlerai à Donatien et lui recommanderai de se tenir à bonne distance de vous, l'avait-il rassurée alors qu'il quittait la maison des veuves.

— Je voudrais quitter l'Amérique, dit John, sortant le prêtre de sa rêverie éveillée.

— Pour aller où ?

— En Europe. Là où personne ne pourra me reconnaître.

— Les journaux du monde entier ont publié votre photo.

— Je vais trouver le moyen de me faire oublier.

Charles Boucher s'approcha de son protégé et posa une main réconfortante sur son épaule.

— Placez-vous entre les mains de Notre Père. Il saura guider vos pas.

— Je sais qu'il le fera, conclut John.

Le prêtre balaya la pièce du regard.

— Avez-vous ramassé toutes vos affaires ? demanda-t-il.

— Tout est là, dans ma besace, répondit John.

— Dans ce cas, il est temps de partir.

Le prêtre précéda John Surratt, ouvrit la porte de la chambre, longea le petit couloir et descendit l'escalier.

Sa cousine sortit du salon où elle prenait le thé.

— Vous nous quittez ?

— Oui, répondit John. Merci pour votre hospitalité, dit-il avec son accent à couper au couteau.

— Si jamais vous revenez dans le coin, n'hésitez pas à venir me saluer, l'invita-t-elle.

John acquiesça du chef et sortit. Demeuré seul avec sa cousine, Charles Boucher lui fit promettre de ne parler à personne du jeune pensionnaire qu'elle n'avait hébergé que quelques semaines.

— Tu as ma parole !

L'homme d'Église quitta les lieux, rassuré.

Dans la carriole où il avait pris place, John embrassa du regard le mont d'or couvert de neige avant de lever les yeux vers le firmament. Le visage d'Honorine s'y dessina un moment. John ferma les yeux et secoua la tête. Il ne pouvait laisser ainsi vagabonder son imagination en vaine rêverie, il n'avait pas le droit à l'amour ; seule la liberté devait accaparer toute son attention.

— C'est un nouveau départ ! lança Charles Boucher en fouettant son cheval.

— Oui… Un nouveau départ, murmura John Surratt.

Remerciements

Merci à Michel Rudel-Tessier et à Jacinthe Moffet pour leurs conseils judicieux et leur grande disponibilité.

Table des chapitres

Suivez-nous

Achevé d'imprimer en août 2022
sur les presses de l'imprimerie Marquis-Livre
Montmagny, Québec